로크미디어가
유혹하는
재미있는 세상

ROK
MEDIA
로크미디어

이것이 믿음이다

# 이것이 법이다 135

2022년 5월  4일 초판 1쇄 인쇄
2022년 5월 10일 초판 1쇄 발행

**지은이** 자카예프
**발행인** 김정수 강준규

**기획** 이기헌 왕소현 박경무 강민구
**책임편집** 최전경
**마케팅지원** 이원선

**발행처** (주)로크미디어
**출판등록** 2003년 3월 24일
**주소** 서울시 마포구 성암로 330 DMC첨단산업센터 318호
**Tel** (02)3273-5135 편집 070-7863-8592 **Fax** (02)3273-5134
**홈페이지** rokmedia.com  **E-mail** rokmedia@empas.com

ⓒ 자카예프, 2015

값 8,000원

ISBN 979-11-354-7349-4 (135권)
ISBN 979-11-255-9575-5 04810 (세트)

이 책의 모든 내용에 대한 편집권은 저자와의 계약에 의해
(주)로크미디어에 있으므로 무단 복제, 수정, 배포 행위를 금합니다.

작가와의 협의에 의해 인지는 생략합니다.
잘못된 책은 구입처에서 바꾸어 드립니다.

# 이것이 법이다

## 135

자카에프 장편소설

로크미디어

이 소설은 픽션입니다.
등장하는 인물 및 지명 등은 현실과 연관이 없습니다.
또한 소설 내에 나오는 법이나 법리 해석의 경우에도 대중문학의 극적 전개를 위하여 일부분 과장되거나 변형된 것이 존재하니 실제 법과 혼동하지 않으시길 바랍니다.

# CONTENTS

# 영탐정 덕만수

　대한민국은 노형진이 아는 시대와 비교하면 많이 바뀌었다.

　그리고 그중 하나가 바로 민간인 전문 수사인 지원에 관한 법률이었다.

　속칭 사설탐정법.

　원래 역사에서는 이런 법은 없었다.

　사실 생길 수가 없었다는 말이 맞으리라.

　"고생하셨습니다."

　새로운 법안이 통과되는 것을 축하하는 자리.

　물론 국회의원들이 새로운 법안을 통과시키는 게 특별한 일은 아니었지만 이번 법안은 특별했기에 노형진이 자비로 파티 자리를 만들어 준 것이다.

"별말을 하고 있군, 하하하."

"아무리 힘이 빠졌어도 쉽지 않은 일이었을 텐데요?"

"검찰과 경찰에서 싫은 티를 많이 내기는 하더군. 뭐, 전화로 협박도 몇 번 해 왔고."

"협박요?"

"그래."

송정한은 다른 의원들과 함께 그 민간인 전문 수사인 지원에 관한 법률, 즉 사설탐정법을 통과시킨 사람이었다.

사실 원래 역사에서는 검찰과 경찰의 격렬한 반대로 결국은 사설탐정법이 통과되지 못했다. 당연히 이번에도 반대할 거라 생각은 했다.

그래도 협박이라니. 이건 완전 금시초문이었다.

"협박까지 했다니."

"그럴 만하지. 경찰이나 검찰 입장에서는 사실상 날벼락 아닌가?"

다른 나라에는 있는 탐정이 한국에만 없는 이유는 간단하다.

검찰과 경찰이 원하지 않기 때문이다.

애초에 사설탐정은 수사권이나 기소권도 없는 민간인일 뿐이다.

하지만 그렇다고 해서 그들이 채집한 증거까지 모두 무효인 것은 아니다.

이번 법을 통해 그들이 모은 정보 중 불법행위를 통해 모은 정보가 아닌 경우는 합법적 증거로 인정되게 되었다.

"특히 경찰 입장에서는 비교 대상이 되기 싫을 테니까."

특히 경찰 쪽 인사들이 극렬하게 저항했는데, 그건 안 그래도 경찰이 일하지 않는다는 건 유명한 사실이기 때문이다.

실제로 경찰은 자신들에게 뭐가 떨어지는 사건, 돈이나 최소한 인사고과가 높아지는 그런 사건이 아니면 아예 접수조차도 하지 않으려고 짜증을 부린다.

심지어 가만히 있는 차에 주취자가 온몸으로 와서 들이받았는데도 그런 경우 차 대 사람이라서 무조건 차주가 손해배상을 해 줘야 한다고 거짓말하면서 접수를 거부했다가 걸린 적도 있었다.

그렇게 일을 안 하는 건 도리어 평범한 거다.

어떤 경우에는 가해자가 자기가 아는 사람이라는 이유로 무조건 가해자 편을 들어 주고 피해자에게 죄를 뒤집어씌우기도 한다.

대표적인 예가 바로 화성 연쇄살인 사건.

경찰은 그 당시 범인을 찾는다며 숱하게 사람을 고문하고 협박해서 엉뚱한 사람들에게 죄를 뒤집어씌웠었다.

그 결과 다수의 사람들이 고문 후유증으로 죽거나 자살을 선택했다.

그런데 충격적인 것은 그 화성 연쇄살인 사건의 범인이 사실 경찰에게 특정되어 있었다는 것이다.

하지만 경찰은 그 범인이 자신이 아는 사람이라는 이유 하나만으로 그를 몰래 후보에서 빼 주고, 대신에 다른 사람을 고문해서 죄를 뒤집어씌우려고 했던 것이다.

지금은 시대가 바뀌었다지만 일부 경찰들의 그러한 행태는 여전한 상황.

그런 상황에서 외부에 전문가가 존재해 비교된다면 아무래도 부담스러울 수밖에 없다.

"그렇기에 더 적극적으로 비교 대상을 만들어야 하지."

"그러니까요."

독점은 부패하기 마련이다.

그건 절대적인 명제다.

한국은 공식적으로 기소권은 검찰이, 수사권은 경찰이 쥐고 있다.

검찰의 경우는 공수처와 경찰 내부의 공무 수사 팀 신설로 절대적 능력이 사라졌다.

공무 수사 팀은 검찰과 법원을 수사해서 기소할 수 있는 권한이 있고, 당연히 그 자료는 모두 국회에 올라가서 탄핵의 근거로 사용되기 때문에 법원에서조차도 자기들끼리 사건을 무마하는 건 사실상 불가능해졌다.

더군다나 구조적으로 공수처와 공무 수사 팀은 공무원만을 수사할 수 있다.

즉, 그들이 승진하기 위해서는 어쩔 수 없이 공무원들을 노려야 하기 때문에 어중간하게 권력을 이용해서 찍어 누를 수도 없게 되었다.

"이제야 수사권 문제가 좀 돌아가겠네요."

문제는 수사권.

경찰이 독점하고 있는 수사권에 대한 문제는 지금까지 해결책이 없었다.

그러나 이제 탐정법이 만들어지면서 상황은 돌변했다.

비록 탐정에게 기소 권한은 없지만 증거를 모을 수 있고, 그걸 보고도 경찰이 제대로 일하지 않으면 업무상배임으로 집어넣을 수 있게 된다.

"웃기만 할 상황은 아닌 것 같은데."

노형진과 송정한이 이야기를 나누고 있자 옆에서 끼어드는 안기부.

물론 진짜 안기부 요원은 아니다. 안기부는 사라졌으니까.

하지만 그 시절의 안기부를 비꼬기 위해 이름을 안기부로 바꾼 사람이었다.

지금은 유명한 언론인이 된 사람이자 '믿고 보는 안기부'라는 괴상한 별명이 붙은 사람이기도 했다.

"언론에서 거품 물고 있는 거 모르십니까? 언론에서는 눈 가리고 아웅이라고, 이제 수사조차도 돈을 가진 자 위주로 돌아가게 생겼다고 물어뜯더만요."

"다 씹어도 안기부 총수님은 안 씹을 거잖아요."

"그거면 되는 겁니까?"

"그거면 되는 겁니다. 그리고 애초에 경찰 수사가 부자 위주로만 돌아가는 거 모르는 사람이 있습니까?"

노형진이 사비까지 들여 가면서 다른 국회의원들을 설득해 사설탐정법을 만든 이유가 그것이다.

현실적으로 부자가 무슨 억울한 일이라도 당하면 경찰과 검찰은 상대방을 말려 죽이려고 덤빈다.

그런데 힘이 없는 사람들이 그런 일을 당하면 아무리 하소연을 해도 들어 주지 않는다.

당장 새론의 모토가 모든 국민에게 평등한 법률의 기회를 주는 것인데, 정작 새론까지 오기 위해서는 경찰이라는 단체를 한 번은 거칠 수밖에 없는 게 법률상의 허점이었기에 그걸 막기 위해 사설탐정법을 만든 것이다.

"애초에 부자들은 경찰에 검찰에 조폭까지 다 운영하는데 탐정이 왜 필요하겠습니까?"

"하지만 부자들이 싫어한다는 거죠."

피식 웃는 송정한.

"그런 식으로 보면 안 총수가 운영하는 뒷북뉴스가 제일 문제 아닌가?"

"그건 그렇지요, 하하하."

그가 운영하는 뒷북뉴스는 이미 지나간 사건을 추적하는

언론사다.

그럼에도 불구하고 부자들이 가장 싫어하는 언론사 중 하나다.

왜냐하면 뒷북뉴스의 대상이 바로 부자들이었으니까.

부자들의 범죄가 이슈화되면 1심에서는 일단 형을 내리고 2심에서 집행유예로 풀어 주는 것이 일반적인 수법이었다.

그런데 뒷북뉴스가 생기고 나서는 그 방법이 먹히지 않았다.

한국 재판부가 범죄 사실을 덮으면서 어설프게 봐주기라도 하면 그 사실과 함께 담당 검사와 담당 판사의 이름을 뒷북뉴스에서 다 공개했기 때문이다.

그냥 거기서 끝났다면 그나마 피해가 적어 신경을 덜 썼을 수도 있겠지만, 불행하게도 정보길드와 제3의눈이 존재한다는 것이 문제였다.

그 두 단체는 한쪽이 돈을 대가로 제보받은 그들의 범죄 내역을, 다른 한쪽이 내부 고발하길 원하는 이들에게 기부금을 받고 제공해 주는 식으로 그들을 공격했다.

실제로 그러한 사실 때문에 적지 않은 검사와 판사가 주소를 감옥으로 옮기게 되었고 검사와 판사라는 이유로 범죄자들에게 집단 린치를 당하는 경우도 많아서, 요즘은 어설픈 돈과 권력으로는 사건을 덮거나 나중에 가서 풀어 주는 게 불가능해졌다.

"한국의 언론에는 기대도 안 합니다. 거짓말만 하지 않아도 그게 어딥니까?"

한국의 언론은 극도로 보수적이고 권력적이다.

아무리 노형진이라고 해도 그걸 고칠 수는 없다.

"그나마 자네 덕분에 뻔한 거짓말은 못 하게 된 게 어디인가?"

"하긴 그렇지요."

전에는 언론과 기자가 대놓고 증거를 조작하고 허위 사실을 유포해도 막을 수가 없었지만 이제는 그나마 브레이크가 생긴 상황이랄까?

"그리고 이 탐정업이라는 건 결국 필요한 사람들이 오기 마련인 겁니다. 당장 다급한 사람들에게 언론에서 떠드는 독설 따위가 무슨 의미가 있을까요? 사건이 한두 개도 아니고, 언론에 이야기한다고 해서 다 기사화되는 것도 아닌데요."

"그건 그러네. 탐정을 고용한다는 것은 그만큼 억울한 사람이라는 의미니까."

탐정은 기본적으로 흥신소와는 다르다.

불법적인 행동에 대한 확실한 제약이 있다.

흥신소에서는 돈만 주면 가짜 알리바이도 만들어 주는 반면, 탐정은 오로지 진실만을 찾는다.

"그런데도 거액을 주고 추적한다는 것 자체가 그만큼 필사적이라는 뜻이죠."

탐정을 고용하는 것은 절대 싼 가격이 아니다.

그럼에도 불구하고 그 돈을 내고 추적을 의뢰하는 사람은 억울한 사람일 가능성이 높다.

"그리고 탐정이라는 건 결국 새론에서 시작될 테니까요."

"수사 팀을 분리할 생각인가?"

송정한의 질문에 노형진은 고개를 끄덕거렸다.

"그럴 생각입니다."

새론에 있는 수사 팀. 그들은 전문가다.

비록 흥신소 직원이나 은퇴한 수사관 출신들이긴 하지만 뛰어난 실력을 지니고 있다.

"그동안은 편법을 이용해서 의뢰를 해결했지만 이제 그런 편법을 쓸 필요가 없으니까요."

편법을 이용해서 사건을 수사하는 것.

그건 다름 아닌 변호사에게 사건을 의뢰하는 것이다.

변호사를 선임하면 당연히 변호사는 그 사건을 조사할 권한을 가지고 조사를 전문 조사 팀에 맡기는 식으로 탐정업이라는 걸 할 수 있게 했다.

"그런데 그러면 그냥 그 방법을 계속 쓰면 되는 것 아닙니까?"

안기부는 문득 그런 생각이 들었다.

그걸 계속한다면 새론은 적지 않은 돈을 벌 테니까.

실제로 그렇게 들어오는 사건도 많고.

"저희야 돈을 벌지만 의뢰인은 아니죠."

그런 방법은 기본적으로 변호사비를 무조건 내야 한다는 조건이 붙어 버린다.

변호사협회에서 정한 변호사비는 최저 330만 원.

즉, 사건을 맡기려면 '의뢰비+변호사비'가 되어 버리는 것이다.

"수사에 들어가는 돈은 기본적으로 의뢰인의 부담이기 때문에 그런 경우에는 사실상 의뢰비가 1천만 원이 넘습니다. 일반인이라면 쉽게 맡길 수가 없죠."

그래서 노형진은 어떻게 해서든 사설탐정법을 통과시키려고 노력했던 것이다.

"돈의 문제가 아니라 정의의 문제니까."

"그러면 역사적인 첫 번째 사건은 뭘까요?"

"글쎄요. 하지만 한 가지는 확실하죠."

"뭔데요?"

"절대 쉬운 일은 아닐 거라는 겁니다."

사설탐정법이 통과되었지만 그렇다고 해서 아무나 탐정 사무소를 세우도록 둘 수는 없었다.

기존의 흥신소가 탐정 사무소로 이름만 슬쩍 바꿔 버리면 궁극적으로는 탐정업의 이미지가 망가질 가능성이 높기 때문이다.

그래서 사설탐정법에 따르면 수사직에서 최소 5년 이상

일한 경험자, 즉 경찰 퇴직자나 정부에서 위탁한 민간단체인 탐정협회에서 교육을 마친 자 중에서 경력을 감안해 선발하도록 되어 있었다.

사실 정부에서 관리를 민간에 맡기는 경우는 생각보다 흔하다.

그중에서 가장 유명한 것 중 하나가 바로 방송통신심의위원회와 게임물관리위원회다.

그 두 단체를 국가직으로 아는 사람들이 많은데, 사실 그들은 국가직이 아니라 민간단체로 분류된다.

정치적으로 부담되는 결정을 하는 곳들인지라 정부에서 민간으로 풀어 두고 자율적으로 관리하는 것처럼 꾸민 것이다.

변호사협회도, 의사협회도 그런 식이다.

이런 구조가 만들어진 이유는, 몇몇 업종의 경우 정부에서 직접 관리하게 되면 정부의 입김이 들어갈 수밖에 없기 때문이다.

당장 방송물을 정부에서 관리한다면 아마도 방송 시간 내내 정권에 대한 찬양이 계속 흘러나올 것이다.

사설탐정법도, 당장 경찰에서 벗어나고자 만든 것인데 정부의 입김이 들어가면 심각한 문제가 된다.

정부의 시스템 구조상 그걸 정부 기관이 관리하게 된다면 그 담당은 경찰이나 검찰이 될 테니까.

그리고 탐정협회는 모든 탐정들의 조사 자료를 넘겨받도

록 되어 있다.

일부 조사하던 탐정이 불이익을 받거나, 최악의 경우 입막음을 위해 살해당하는 경우도 생길 수 있는 것이다.

의뢰를 받은 탐정은 무조건 협회에 의뢰 사항을 맡기고 추가 증거가 나오면 넘겨야 한다.

물건의 경우는 지하에 있는 개인 금고에 보관할 수 있도록 해 놔서, 누군가 그들을 죽이고 증거를 인멸하는 것은 불가능했다.

물론 그건 의무 사항은 아니다.

하지만 누구도 그것에 대해 불만을 가지지는 않았다.

기본적으로 경찰이든 흥신소 출신이든, 이러한 조사가 더럽게 꼬일 가능성을 알고 있기에 만일의 사태에 대비할 필요성을 느끼고 있으니까.

이렇게까지 했음에도 불구하고 본인이 감추다가 살해당한다면 결국 본인 책임일 수밖에 없다.

"엄청나네."

"그만큼 어이가 없다는 소리이기도 하겠지."

아직은 협회의 규모가 크진 않았지만 그래도 사무실은 필요하기 때문에 일단 6층짜리 건물을 센터로 삼았다.

5층과 6층은 협회 사무실, 1층부터 4층은 탐정들을 지원하기 위한 사무실로 쓰고 있고, 지하 3층은 금고용으로 쓰인다.

하지만 사무실을 오픈한다고 해도 당장 사람들이 찾아올

거라고는 노형진도 생각하지 않았다.

그리고 아직 테스트나 교육에 관한 시스템도 완벽하게 완성된 게 아니라서 일단 탐정으로 등록된 사람들은 모두 은퇴하고 나온 경찰들이었다.

"이번에 나온 경찰들이 제법 많기는 한데……."

내부가 얼마나 더러운지 아는 일부 경찰들이 그만두고 아예 이쪽으로 넘어오기도 했다.

"하지만 이렇게 많으면 당분간은 다 처리하지 못할 텐데요."

"그러니까 문제야. 이건 생각보다 너무 많은데."

현재까지 허가가 난 탐정이라고 해 봐야 고작해야 서른 명 선. 기존에 은퇴했던 경찰 수사관과, 경찰을 그만두고 나온 일부 수사관을 합해서 그렇다.

"더 큰 문제는 경찰의 질적 하락일 것 같네요."

"질적 하락?"

"그렇지 않습니까? 멀쩡하게 잘하던 경찰 일을 그만두고 여기로 온다는 건 두 가지 의미밖에 더 있습니까?"

첫 번째는 현재 경찰의 시스템에 문제가 많다는 걸 알고 있으나 그게 고쳐질 가능성이 없다고 생각하기에 부당함을 느낀 사람들이 나왔다는 거다.

두 번째는, 철밥통이나 마찬가지인 경찰을 그만둔다고 해도 먹고살 수 있을 만큼 실력에 자신이 있다는 것.

"결과적으로 경찰 내부의 개혁을 원하는 멀쩡하고 능력 있는 사람들이 그만두고 튀어나왔다는 거죠."

"그러면 경찰 내부는?"

"뭐, 다는 아니겠습니다만, 부패 경찰의 비율이 좀 높아지기는 하겠네요."

"머리가 지끈거리는군. 도대체 몇 명이나 되는 건가? 자네가 그렇게 말할 정도라면 적지 않은 수인 것 같은데."

"족히 이백 명은 될 것 같네요."

제대로 홍보조차도 진행되지 않은 상황.

그럼에도 불구하고 무려 이백 명의 사람들이 줄을 서서 문이 열리기만 기다리고 있었다.

"세상에는 너무 가슴 아픈 일이 많아."

송정한은 긴 한숨을 내쉬었고 노형진은 고개를 끄덕거렸다.

⚖️

수사의 질은 기본적으로 탐정 개개인의 능력에 달려 있다.

그렇기에 협회는 당연히 최소한의 수준을 맞추기 위해 심사하고 허가를 내줘야 한다.

그래서 노형진에게는 그에 대한 문의가 많이 들어왔다.

그런데 이번에 노형진이 받은 문의는 무척이나 당혹스러운 것이었다.

"영탐정요?"

"네. 협회에서 안건으로 받은 건데, 이거 허가해 줘야 합니까, 말아야 합니까?"

이번에 노형진과 함께 탐정협회 보조 업무를 맡은 무태식 변호사는 얼굴에 당혹감을 그대로 드러내고 있었다.

"덕만수라는 수사관인데, 이번에 경찰을 그만두고 우리 쪽으로 넘어오신 분입니다. 그런데 허가와 관련해서 이 부분을 신청해서……."

"이건 진짜 예상하지 못한 부분인데……."

"하지만 또 안 된다고 할 수도 없는 노릇이고."

"아, 음…… 그렇지요?"

덕만수가 신청한 것은 영탐정.

그런데 이 '영탐정'이라는 것은 탐정 사무소의 이름이 아니다.

말 그대로 영능력이나 초능력 또는 무속 신앙의 힘을 빌려 사건을 추적하는 것을 의미한다.

그리고 전문 분야는 실종.

"이거…… 실종이면 엄청 곤란하지 않습니까?"

"그건 그러네요."

노형진은 고개를 끄덕거렸다.

실종 사건은 경찰 입장에서도 곤혹스러운 사건 중 하나다.

일 자체는 엄청나게 힘든 편에 속하는데 인사고과는 짜다.

더 큰 문제는 현장의 부재다.

살인이든 강도든 절도든, 결국 사건 현장이 존재한다. 하지만 이 실종이라는 건 사건 현장이 존재하지 않는다.

만일 누군가가 어디서 강제로 끌고 갔다면 그건 실종이 아니라 납치다.

실종은 언제 어디서 어떻게 된 건지 알 수가 없는 사건.

그렇다 보니 실종의 경우는 종종 가출로 뭉개 버리곤 한다.

특히 남자의 경우는 거의 100% 가출로 넘겨 버리고 수사 자체를 하지 않는다.

"일단은 한번 만나서 이야기해 봐야겠군요."

노형진은 덕만수를 만나 볼 생각이었다.

⚖

"제가 경찰을 그만둔 이유요?"

덕만수는 30대 후반의 경찰이었다. 그것도 경찰대를 나온 빵빵한 인재였다.

그렇다는 것은 경찰 내부에서는 미래가 확실하게 약속된 사람이라는 소리다.

군대로 치면 사관학교를 나왔다는 의미니까.

그런데 그런 그가 경찰을 그만두고 나왔다?

질문을 받은 덕만수는 머리를 긁적거리며 대답했다.

"그만뒀다기보다는 잘린 것에 가깝습니다, 솔직히 말씀 드리면."

"네? 잘렸다고요?"

"경찰대까지 나왔는데 승진에서는 완전히 누락되었거든요. 제 동기들은 지금 경찰서장급입니다. 저는 뭐, 형사과장 하다가 끝났고요."

그 말에 노형진은 어이가 없었다.

경찰대를 나왔다면 경찰 내부에서는 성골 중의 성골이다. 그런데 과장?

과장이면, 그냥 연차만 되면 일반 경찰도 충분히 올라갈 수 있는 자리다.

물론 경찰대 출신이라면 더 빠르게 올라갔겠지만 거기에서 갑자기 멈출 이유는 없다.

"혹시 이유를 알 수 있을까요?"

"제가 과장이 된 후에 자꾸 뻘짓을 했거든요."

"뻘짓이라고 하시면?"

"영능력을 이용한 수사를 주장했습니다."

'막힐 만하네.'

노형진은 차마 입 밖으로 말하지는 못하고 속으로만 그렇게 중얼거렸다.

물론 세상에는 인간이 이해하지 못하는 일이 많다.

노형진 역시 그러한 이해할 수 없는 영역의 수혜자이기도 하고.

하지만 현재 영능력이라는 건 사실상 거의 인정되지 않고 있는 영역이고, 현대 수사의 기본은 과학수사다.

어떻게 보면 영능력의 대척점에 있는 셈인데, 고위 간부도 아니고 고작 과장급이 영능력 수사를 주장했다면 승진시키는 게 더 이상한 일이다.

"음, 이런 말씀 드리는 건 그렇습니다만……."

"제가 제 무덤을 팠다고요?"

"솔직히 말씀드리면 그렇게 보입니다."

"부정은 안 하겠습니다. 사실 저도 그렇게 될 것이라고는 생각했거든요."

"네? 알면서 그러셨단 말입니까?"

"네. 그래도 경찰대까지 나온, 나름 수재 소리 들었던 사람인데 몰랐을까요?"

덕만수는 쓰게 웃으며 말했다.

사실 알면서도 그랬다.

그만큼 덕만수가 보기에는 경찰의 시스템이 문제가 많았던 것이다.

"실종자는 매년 늘어나는데 경찰은 실종은 수사도 안 하죠. 남자는 무조건 가출로 넘기고요. 딱히 그걸 해결하고자 하는 능력도, 의지도 없지요."

사라진 사람들의 가족들은 돌아오기를, 하다못해 시신이라도 찾기를 원하지만 경찰에게는 자기 실적을 깎아 먹는 미결 사건일 뿐이다.

실적이 되고 돈이 된다면 너도나도 달라붙지만, 그렇지 않다면 그냥 뭉개다가 미결 처리.

"저도 처음부터 그런 건 아닙니다."

그 또한 자기 인생을 걸고 무속이나 영능력에 매달릴 생각은 없었다.

정확히는 그렇게 멍청한 짓을 자신이 할 거라고는 생각도 못 했다는 표현이 맞을 것이다.

그런데 종종 절박한 사람들이 무속인을 찾아가서 점을 보고, 그걸 가지고 와서 찾아 달라고 요청하곤 했다.

물론 그때마다 다른 경찰은 무시했다.

"저도 처음에는 그랬지요. 말도 안 된다고 생각했으니까."

사실 그렇게 가지고 온 내용은 대부분 터무니없고 애매모호했으며 또 명확하지도 않았다.

가령 동쪽을 찾아보라고 하는데 그 기준이 경찰서인지 집인지 회사인지는 말도 안 해 준다.

물가를 찾아보라고 하기도 하는데, 그 물이 바다인지 계곡인지 강인지는 역시 알 수 없다.

"그런데 종종 맞더군요."

"종종 맞더라고요?"

"네. 물론 제 말이 터무니없는 말처럼 들리시겠지만요."

"아닙니다. 저도 그쪽을 아예 안 믿는 건 아니라서요."

어떻게 그걸 안 믿겠는가? 노형진이 그 알 수 없는 무언가의 당사자 중 한 명인데.

"하여간 그래서 제가 이야기했지요."

마냥 기다리지 말고 능력 있는 무속인이라도 잡아서 방향성이라도 구해 보자. 사실 실종의 대부분은 그냥 수사를 안 하고 마냥 기다리는 게 현실이니까.

하지만 당연히 경찰에서는 그 말을 무시했다.

현대 과학수사를 완전히 무시하는 소리였으니까.

"그러다가 진짜로 맞는 사건이 터졌습니다."

진짜 뜬금없는 소리였다.

다섯 살짜리 아이가 실종되었는데 무속인이 살아는 있다고, 그런데 물과 함께 땅속에 있다는 소리를 했다.

생매장된 거라 생각한 부모는 자지러졌지만 경찰은 당연히 그 말을 무시했다.

"그런데 찾았어요. 어디서 찾았는지 아십니까?"

"어딘데요?"

"하수도요."

"네?"

"하수도에 빠졌더군요."

하수도는 물이 흘러 나가는 설비로, 지하에 있다.

즉, 물과 함께 땅속에 있다는 말이 맞았던 거다.

"저희는 보복 납치 살인인 줄 알고 난리가 났었는데 말이지요."

이것이 법이다

그냥 아이가 장난치다가 하수도에 빠진 것이었다.

"그러면 그 아이는?"

"애석하게도……."

고개를 흔드는 덕만수.

아이는 하수도에서 결국 동사하고 말았다.

물이 빠져 죽을 만큼 깊은 건 아니었으나 하필이면 시기가 늦가을이었고, 그래서 추운 밤 기온을 이겨 내지 못한 것이다.

하수도에서 올라오는 냉기를 버티기에는 아이가 너무 어렸다.

"으음……."

"그때 그런 생각이 들더군요."

자신들이 그 말을 조금이라도 믿었다면, 그래서 가능성이라도 생각을 해 봤다면 아이는 살지 않았을까?

최소한 점을 본 시점에서는 살아 있다고 나왔었으니까.

"그래서 제가 영능력으로라도 수사하자고 요청한 겁니다. 물론 저도 다짜고짜 무조건 무속 신앙이나 영능력으로 해결하자는 건 아니었습니다만……."

진짜 방법이 없는 사건들이나 사람 목숨이 달려 있는 사건들. 그런 경우 참고만이라도 하자는 것이었다.

"위에서는 저를 미친놈 취급하더군요."

노형진은 그 말에 머리를 긁었다.

'참 웃기긴 하네.'

사실 무속 신앙을 믿는 경찰은 제법 많다.

그래서 안전을 위해 부적을 가지고 다니는 사람도 있다.

그런데 그걸 경찰의 수사에 적용하자고 하면 극렬하게 반대한다.

'그걸 다 믿으라고 할 수도 없지만서도.'

과학으로 입증되지 않은 건 결국 재판에서도 써먹지 못한다.

그래서 덕만수도 실종에 대해서만 써먹자고 한 거였다.

실종은 재판과 상관없이 어딘가에 생존해 있거나 이미 죽었을 사람을 찾는 게 목적이니까.

"흔치 않은 생각을 하셨네요. 그런데 저기, 혹시…… 종교가……?"

"기독교입니다만."

순간 노형진의 표정이 묘하게 변했다.

기독교라고 하면 일반적으로는 무속 신앙을 거부하니까.

그런 시선을 느낀 건지 덕만수는 피식하고 웃었다.

"기독교인들도 점 볼 사람들은 다 봅니다."

"하하하하, 그래도 그 사실을 당당하게 밝히는 분들은 많지 않을 텐데요?"

쉬쉬하면서 다니는 것과 대놓고 같이 일하는 건 전혀 다른 문제이니까.

"전 괜찮습니다. 제가 다니는 교회는 그렇게 빡빡한 곳이 아니거든요. 애초에 이득을 보려고 다니는 것도 아니고."

그쪽에서 뭐라고 한들 자신이 손해 보는 것도 없으니 주저할 이유 또한 없다는 거다.

"뭐, 경찰에서 영능력을 이용해서 수사하도록 하는 건 솔직히 저희는 불가능합니다. 탐정 단체는 수사권의 한계가 뚜렷합니다."

"알고 있습니다. 그래도 경찰보다는 덜 빡빡하겠지요."

"그런 거라면 차라리 개인적으로 가서 물어보셔도 될 것 같은데요."

노형진은 고개를 갸웃하면서 물었다.

그렇게 뭐라도 붙잡고 싶었다면, 수사관들이 개인적으로 가서 물어보는 것쯤은 불가능하지 않다.

"사실 저도 답답해서 몇 번 찾아간 적이 있습니다."

일을 제대로 하지 않는 경찰이야 아무런 감흥도 없겠지만, 제대로 된 경찰이라면 고통스러워하는 피해자들의 모습을 보면 아무래도 감정적으로 동조될 수밖에 없다.

그래서 종종 경찰들도 무속 신앙에 기대서 범인을 추적하려고 하는 경우가 있다.

"하지만 대부분은 엿 먹지요."

"대부분? 아까 맞히신 분이 있다고……?"

"아, 사건이 끝나고 얼마 되지 않아서 돌아가셨습니다. 그 후에는 계속 물먹었지요."

덕만수의 말에 노형진은 쓰게 웃었다.

"확실히……."

그쪽 부탁으로 일해 본 적이 있지만 이 영능력이라는 영역이 워낙 불확실성이 넘치다 보니 무속인들조차도 90%는 사기꾼이라고 말할 지경이다.

그 지경이니 계속 물먹을 수밖에 없다. 도리어 진짜 첫 사건에 그런 점쟁이를 만난 게 신기한 거다.

"그러면 탐정협회에서 거부한 이유도 아시겠군요."

"네. 저도 물먹었는데 뭐 다른 분들이라고 별수 있을까 싶어서요. 하지만 제대로 된 사람만 찾을 수 있으면 도움이 될 겁니다, 분명."

"그게 제일 힘든 일인데요."

경찰보다는 덜하겠지만 그래도 탐정도 어느 정도 선은 지켜야 한다. 무작정 무속인이 어쩌고저쩌고한다고 해서 그대로 따라갈 탐정은 없다.

더군다나 방금 덕만수가 말한 것처럼 진짜 무당은 그다지 많지 않다.

무속 신앙이 점점 사람들의 믿음을 잃어버리게 된 데에는 다 이유가 있는 것이다.

실제로 한의사들도 과거에 비해 위세가 약해졌다.

과거에는 한의사라고 하면 대박 나는 줄 알았는데 지금은 거기를 왜 가냐고 말하는 사람도 있다.

이유는 간단하다. 한의학이 가짜인 게 아니라, 그걸 이용해 약을 팔아먹는 양심 없는 한의사들이 너무 많았기 때문이다.

실제로 소위 말하는 서양의학에서 포기한 환자를 한의사들이 살려 낸 이야기는 엄청나게 많다.

다만 일부 한의사들이 가짜로 약을 팔아먹다 보니 이 지경이 된 것이다.

'미꾸라지 한 마리가 개울을 흐린다고 했지.'

심지어 나중에 코로나가 터졌을 때 일부 양심 없는 한의사들은 자신들의 약이 마치 코로나 예방약인 것처럼 홍보하면서 보약을 팔기도 했다. 물론 당연히 헛소리였다.

결국 어딜 가나 그런 놈들을 자정할 수가 없다 보니 개판이 되어 가는 거다.

"협회에서 안 된다는 소리는 들으셨을 테고……. 그런데 저한테 오신 이유가……?"

"그러니까 그런 사람들을, 좀 믿을 수 있는 사람들로 협회에서 선정해 주면 어떨까 해서요. 협회에서는 자기들이 결정할 문제가 아니라고 하더군요."

"협회에서 선정한다라……."

노형진은 그 말에 쓰게 웃었다.

확실히 탐정협회는 노형진이 만들다시피 한 곳이니 그쪽이 노형진에게 도움을 청하는 것은 이상한 게 아니다.

더군다나 그쪽 수뇌부는 노형진이 과거에 무속인들의 사

건을 해결해 준 것도 알고는 있을 것이다.

딱히 비밀도 아니었고, 그 당시에 워낙 큰 굿을 해서 관심 있는 사람들은 다 알고 있으니까.

'확실히 탐정협회는 경찰과는 다른 무기가 필요하기는 해, 경찰하고 다르게 수사에 한계가 있으니.'

하지만 그렇다고 해도 한계가 명확하다.

'나라고 해서 그들의 기억을 다 읽을 수는 없으니까.'

실제로 무속인들을 하나하나 다 만나서 기억을 읽을 수는 없다.

설사 읽는다고 해도, 그들이 진짜인지 가짜인지 알아낼 방법이 없다.

사람들은 무속인이 진짜 아니면 사기꾼이라고 생각하지만, 무속인들 세계에서는 그렇게 보지 않는다.

사기꾼이 없다는 게 아니다.

다만 신이라고 불리는 존재 이외에도 자신들이 신인 것처럼 행동하는 허깨비—무속인들의 표현을 빌리자면 허주—라는 존재가 있기에, 노형진이 기억을 읽어 낸다 한들 그들을 구분할 수 있을 것 같지는 않았다.

'그리고 진짜 무속인들은 섣불리 기억을 읽을 수도 없고.'

당장 안 보살만 해도, 아무런 말도 하지 않았음에도 대충 노형진과 오광훈에 대해 알아차리고 있다.

그런 진짜가 있다면 그들의 기억을 읽는 것은 최악의 수가 될 수도 있다.

무속인들은 신들의 존재에 대해서는 자존심이 강하기 때문이다.

만일 진짜라면 노형진이 기억을 읽는 행위를 좋아하지 않을 테니 당연히 같이 일하려고 하지 않을 것이다.

"어려운 문제군요."

"하지만 솔직히 말하면 수요는 있을 겁니다."

"수요라……."

노형진은 씁쓸하게 웃었다.

틀린 말은 아니다.

현실적으로 본다면 실종자의 가족들은 어떻게 해서든 실종된 사람을 찾으려고 할 테고, 사설탐정을 고용할 정도라면 당연히 돈은 문제가 안 될 것이다.

매년 사라지는 사람의 숫자와 대한민국의 실종자에 대한 경찰의 처우를 생각하면 수요가 없을 수가 없다.

'영탐정이라……'

문제는 그 수많은 사람들 사이에서 어떻게 제대로 된 능력자를 찾아내냐는 것.

'시도는 해 볼 만해.'

물론 누군가에게는 실로 허황된 생각일 테고, 뭔 개소리냐고 할지도 모른다.

하지만 노형진이 그 영능력의 당사자인 만큼 무시할 수는 없었다.

더군다나 덕만수의 말마따나 수요는 분명 존재하고, 탐정이나 경찰의 협조 여부와 상관없이 실종자들의 가족은 점을 보고 가족을 찾으러 다닌다.

"일단 우리가 제대로 된 무당이나 영능력자를 찾는 건 해볼 만하다고 생각합니다. 물론 비공식적으로요."

"비공식적으로요? 영탐정을 공식적으로는 운용할 수 없다는 겁니까?"

노형진은 어깨를 으쓱했다.

"죄송합니다만, 진짜 능력 있는 사람들은 자기 능력을 자랑하지 않을 테니까요."

"네? 어째서요? 자신에게 특별한 능력이 있다면 누구나 자랑하고 싶어 하지 않을까요?"

"안 합니다. 그건 제가 알지요."

노형진은 쓰게 말했다.

당장 자신도 말할 수가 없는데 누가 말하겠는가?

자신이 기억을 읽을 수 있다고 하면 다들 두려워할 게 뻔하다.

그리고 자기 능력을 떠벌리고 다니는 사람은 관종일 가능성이 크다.

"당연히 능력도 가짜일 가능성이 큽니다. 설사 진짜라고 해도, 무속에서는 그 능력을 가지고 큰돈을 버는 걸 금기시하고 있습니다."

"그게 무슨 말이죠?"

"말 그대로입니다. 딱 먹고살 만큼만. 무속인들의 표현을 빌리자면 그렇다고 하더군요."

무속인들도 좋아서 그 일을 하는 사람들은 거의 없다.

특히 진짜일수록 정말 어쩔 수 없이 하는 거다.

그래서 그걸 천형, 즉 하늘의 형벌이라 표현한다.

"형벌을 받는 죄인이 잘 먹고 잘살 수는 없겠지요?"

그래서 무속인들은 대부분 가난하다.

심지어 일부 유명한 무속인들, 선거철만 되면 국회의원들이 줄줄이 와서 점을 보는 무속인들조차도 가난하다.

"무속인들은 하늘에서 딱 먹고살 수 있을 만큼만 내려 준다고 하더군요. 그걸로 큰돈을 벌거나 하면 신이 떠난다고 합니다."

"하지만 굿도 많이 하지 않습니까?"

"그래서 사기꾼 취급인 것이죠."

의사들에게 최후의 수단이 수술이듯이, 무속인들에게 최후의 수단은 굿이다.

"하지만 일부 의사들은 수술이 필요 없어도 수술하라고 하지요. 이유는 아시죠?"

"끄응……."

돈 때문이다. 돈을 벌기 위해 아픈 환자를 속이는 거다.

농담 같지만, 실제로 그렇다. 대표적인 예로 치과의 임플란트 시술이 있다.

과거에 임플란트 시술은 하나에 300만 원이 넘었다.

너무 비싸서, 정작 필요한 가난한 사람들은 꿈도 꾸지 못했다.

평범한 중산층이라도 해도, 나이가 들어 이빨이 빠질 때마다 그걸 다 할 수는 없는 노릇.

한 개에 300만 원씩 하는 임플란트를, 한 번에 열 개씩 뚝딱 할 수 있는 사람은 많지 않으니까.

그런데 어떤 의사가 양심선언을 하면서 사람들은 분노했다.

임플란트의 원가는 30만 원이 채 안 되었던 것.

의사의 인건비를 포함해도 50만 원선이었다.

터무니없는 폭리를 취한 거다.

"사람 목숨을 쥐고 있는 의사도 그 지랄인데 무속인이라고 뭐 다르겠습니까?"

결국 그렇게 양심적으로 임플란트 시술을 한 의사는 의협에서 징계까지 받아야 했다.

의협 입장에서는 양심적으로 돈 버는 그가 방해되었던 것이다.

"모난 돌이 정 맞는다고 하지요."

진짜 무속인들이라면 돈을 추구하지 않는다.

할 수가 없다는 걸 알기에 그들은 나서지 않을 것이다.

"그러면 우리가 일일이 가서 입증해야겠네요."

"뭐, 일단은 그렇지요. 뭘로 입증할지가 문제입니다만."

단순 재미로 하는 게 아닌 이상 입증은 깐깐하고 아주 정밀하게 이루어져야 한다.

"가능하면 진짜 사건을 기반으로 해야지요."

"진짜 사건이라……."

덕만수는 한참을 고민하다가 갑자기 생각난 듯 탄성을 냈다.

"아! 마침 적당한 사건이 있는데요."

"어떤……?"

뭔가를 꺼내서 건네는 덕만수.

"한도중이라는 학생의 실종 사건입니다."

"학생요?"

"경찰을 그만둔 후에 제가 탐정을 한다고 하니 가족분들이 찾아와서 제게 맡긴 사건입니다. 경찰에서는 어떻게 손쓸 수가 없는 상황이거든요."

한도중은 고등학교 2학년 학생이었다.

학교에서는 성적도 중간에 교우 관계도 그저 그런 평범한 학생.

그런 한도중은 여름방학을 맞이해서 중국으로 가족들과 함께 가족 여행을 갔다.

그것까지는 좋았다.

그런데 실종된 날 아침.

그는 가족들에게 호텔 앞 편의점을 갔다 온다고 말하고 나가서는 실종되었다는 것이다.

"중국 공안에 신고했지만 관심도 없어 보였다고 하더군요."

"그럴 겁니다."

중국에서 실종 사건은 흔해 빠졌으니까.

중국인이 납치되어도 신경도 안 쓰는데, 하물며 외국인인 한국인이 납치된 걸 신경 쓰겠는가?

그렇다고 한국 경찰에서 손쓸 수도 없다.

어찌 되었건 중국에서 발생한 일이고 한국 경찰은 중국에 수사권이 없으니까.

"하지만 탐정이라면 중국에서 뭐라도 해 볼 수 있지 않겠습니까?"

노형진은 고개를 끄덕거렸다.

탐정은 국가가 아니라 개인인 만큼 중국에 가서 뭔가 하는 건 어려운 일이 아니다.

"하지만 위험하겠군요."

다른 곳도 아닌 중국에서 파고든다면 생명의 위협이 있을 수도 있다.

"그래서 겸사겸사 가지고 온 겁니다."

이런 사건의 경우는 노형진이 지원해 준다는 게 이미 소문나 있으니까.

"그러면 이 사건을 가지고 가서 한번 여쭤보도록 하지요."

노형진은 이 일을 도와줄 만한 사람을 한 명 알고 있었다.

"바로 같이 가시죠!"

벌떡 일어나는 덕만수.

노형진은 그런 그를 보면서 쓰게 웃었다.

"그런데 이건 아셔야 합니다."

"네? 뭘요?"

"아직은 덕만수 씨가 전면에는 못 나섭니다."

"네? 어째서요? 이 사건을 조사하려는 건 접니다만?"

"맞습니다. 하지만 아직 탐정이 아니시지 않습니까?"

"아……."

덕만수는 탐정 자격을 얻을 수 있는 조건은 된다.

하지만 영탐정이라는 말을 하는 바람에 협회에서도 아직 미결인 상황.

"잘못하면 법에 걸립니다."

"끄응……."

그 말에 덕만수는 신음을 냈다.

"물론 사건 참관 정도는 가능하십니다."

"그러면 참관이라도……."

"네. 일단 나중을 위해 참관이라도 하면 도움이 되실 겁니다."

노형진의 말에 덕만수는 고개를 끄덕거렸다.

"그래서 나를 찾아왔다?"

"네."

"이제 늙은이한테 별걸 다 시키네."

안 보살은 혀를 끌끌 차며 말했다.

"보살님도 무속 신앙이 인정받기를 원하시지 않습니까? 이게 효과가 있다는 걸 증명하고 나면 그 이후에는 다른 사람들을 설득하는 게 좀 더 쉽지 않겠습니까?"

"이미 명단 줬잖어."

안 보살은 귀찮다는 듯 말했다.

이미 노형진에게 대한민국에서 유명한 무속인들 명단을 건넨 적이 있으니 그걸로 직접 알아서 하라는 거다.

"압니다. 하지만 그분들은 비싼 분들 아닙니까?"

한 번 만나는 것도 힘든 데다 비용도 결코 싸지 않다.

그리고 대부분 나이가 많아서, 열성적으로 뭔가를 할 만한 상황이 아니었다.

"업무의 특성상 자주 그리고 확실하게 해 줄 수 있는 분들을 찾으려고 합니다."

"그러니까 후기지수를 원한다는 거네?"

"오래된 말이네요, 후기지수라니. 무협지에서 많이 보던 말인데."

"내 나이가 있는데."

혀를 끌끌 차는 안 보살. 그러나 노형진의 말에 수긍하기는 했다.

사건을 추적하는 용도라면 자신들은 너무 비싸다.

물론 다급한 사람들이야 오겠지만, 그렇다고 해도 시간을 내는 건 쉽지 않다.

무속인이 아무리 잘나간다고 해도 결국 하루에 볼 수 있는 사람들의 수에는 한계가 있다.

"좋은 생각이기는 하네."

아무래도 무속이라는 것은 음지의 문화라고 여기는 성향이 강하다.

다들 알고, 믿는 사람은 믿고 안 믿는 사람은 안 믿지만, 그 누구도 무속을 주류로 인정하지는 않는다.

"그렇게 공인받은 단체랑 같이 일하기 시작하면 뭐, 좋은 이미지도 생길 테고. 솔직히 여기도 어지간히 개판이어야 말이지."

"그래서 추천받으러 온 겁니다. 제가 원한 건 아니었지만 엔터테인먼트조합이 사람들 사이에서는 일종의 멀쩡한 엔터테인먼트의 판단 기준이 되었다고 하더군요. 그래서 엔터 관련 피해자도 줄었고요. 그런 의미에서 제대로 된 사람을 받을 수 있다면 뭐 나름 공인 같은 게 되지 않을까요?"

노형진이 그렇게 말하며 살살 구슬리자 안 보살은 속이 훤히 다 보인다는 듯 혀를 끌끌 차더니 소리를 버럭 질렀다.

"영란아!"

그러자 안으로 들어오는 여자.

"네, 아버님."

'아버님?'

노형진은 고개를 갸웃했다.

그가 알기로는 안 보살은 자식이 없다.

무당의 길은 너무 길고 험한데 보통은 핏줄을 타고 흐르기에
자기 자식은 그 길로 보내지 않겠다며 결혼하지 않았으니까.

그런데 갑자기 아버님이라니?

"손님이다."

"소…… 손님요?"

깜짝 놀라는 영란이라 불린 여자.

그리고 노형진도 묘한 표정이 되었다.

들어올 때 안내해 주기에 여기 직원인 줄만 알았는데 아닌
모양이다.

"너도 슬슬 혼자 일해야지. 언제까지 내 아래에 있을 수는
없으니 말이다."

"저분은?"

"기억 안 나? 네놈이랑 나랑 만난 인연 아니더냐."

"인연요?"

그 순간 노형진의 머릿속을 스쳐 가는 기억이 있었다.

"현수 누님이신가요?"

우현수. 노형진의 동창으로, 누나가 잘못된 신내림을 받아서 정신병원에 있었다.

"무당이 되신 겁니까? 그때 멀쩡하게 다 나으셨다고……."

분명 그랬다. 무당의 길을 갈 사람이 아니라서, 제대로 끝냈다고.

"그 멍청한 무당 때문에 멀쩡한 애 인생 꼬인 것이지."

"네?"

"터가 있으니 잡귀가 꼬였다고."

"저기, 무슨 말씀이신지?"

아무리 노형진이라고 해도 진짜 무속인이 아니라서 그런 식으로 표현하면 알 수가 없다.

"신의 자리가 이미 생긴 게 문제야."

안 보살의 표현을 빌리자면 이런 거다.

신의 기준으로 인간의 몸은 대지이고 거기에 자리 잡는 건 집을 짓는 거다.

안 보살이 일단 그 당시에 굿을 해서 멀쩡하게 만들었다고 하지만 그건 어디까지나 잡귀를 쫓아낸 거지 집터까지 없앤 건 아니라고 했다.

당연히 빈집이 있으니 온갖 잡귀들이 모여들기 시작했고, 비우면 몰려들고 비우면 몰려드는 형국이 되어 버렸다는 것.

"그거 못 막습니까?"

"그걸 막을 수 있으면 누가 무당을 할까. 그거 막으면 신이고 뭐고 못 오는데."

이미 생긴 터는 당연히 없앨 방법이 없기에 끝도 없는 무한 반복이었다는 것.

"그러면 방법은 하나뿐이지 않으냐."

제대로 된 주인을 새롭게 세우는 것. 그래야 다른 잡귀들이 접근을 못 한다는 거다.

힘이 약한 존재를 세우면 도리어 몰려들 테니 방법은 하나뿐. 제대로 된 신을 내려서 무당이 되는 것이었다.

"하여간 돈에 눈먼 놈들 때문에 멀쩡한 애 인생 하나 꼬였지, 쯧쯧."

안 보살은 마음에 안 드는 듯 혀를 끌끌 찼다.

"그런데 왜 아버님이라고……?"

"내가 신아빠 아니냐?"

무속에서는 무당이 되도록 이끌어 준 사람을 스승이 아닌 신엄마, 신아빠라고 부른다.

그만큼 그 둘의 관계는 밀접하고 끈끈하다.

"그동안 내가 데리고 있었다. 쳐 낼 것 좀 쳐 내고 제대로 가르쳐야 하니까. 그게 몇 년 전인데, 오래 배운 만큼 제대로 할 게야."

노형진은 입맛을 다셨다.

생각지도 못한 인연이 이렇게 이어질 줄이야.

"내가 후계자로 점찍었을 만큼 믿을 만한 아이니까 한번 물어보거라."

안 보살은 명백하게 딱 선을 그었다.

자신이 도와주지는 않겠다는 소리다.

"해 보겠느냐?"

영란은 고개를 끄덕거렸다.

"네, 아버님."

"그러면 네 방으로 가자."

영란의 방으로 간 노형진은 다시 한번 그녀에게 상황을 설명했다.

"한번 점괘를 뽑아 보거라."

이야기를 들은 안 보살은 벌써 뭔가 나온 듯 눈을 찌푸리더니 영란에게 이야기를 꺼냈다.

"제가요?"

"그러면 여기 이놈이 할까?"

"아, 네……."

지금까지는 그런 걸 잘 시키지 않던 안 보살이었는지 잠깐 당황하던 영란은 한참 눈을 감고 점괘를 뽑기 시작했다.

'애매하게 나오면 곤란한데.'

무속에서 가장 골치 아픈 부분이 바로 애매함이다.

코에 걸면 코걸이 귀에 걸면 귀걸이가 되면, 사건에는 적용 못 한다.

가령 서쪽에 물이 있는 곳에 애가 있다고 하면 도대체 거기가 어딘지 알 수가 없으니까.

그리고 나중에 찾아낸 후에는 그 물이 수돗물이든 고인 물이든 호수이든 바다이든 전부 맞는 말이 되어 버린다.

"살아 있어요."

"살아 있다고요?"

"네, 살아 있어요."

중국에서 실종되었다고 하기에 당연히 죽었을 거라 생각했다.

중국은 가장 유명한 장기 공급 국가 중 하나이기 때문이다.

가족들조차도 언감생심 살아 있는 건 바라지도 않고 그저 사망한 장소만이라도 알아내길 원하고 있었다.

그런데 살아 있다니.

영란의 입에서 나온 말은 그것만이 아니었다.

"물인데요?"

"물?"

애매함. 노형진이 가장 걱정하는 것.

"아니, 아니…… 바다네요, 바다. 맞아요, 바다. 바다에 있어요."

"바다에서 뭐 하는데요?"

"떠 있네요."

"1년간?"

"네."

노형진은 진심으로 어이가 없었다.

그건 말도 안 되는 소리니까.

"1년간 바다에 떠 있었다고요?"

"네."

"안 죽을 수가 없을 텐데요?"

그게 가능할 리가 없지 않은가?

"옳거니. 너도 드디어 제대로 잡는구나."

"네?"

그런데 더 황당한 것은 안 보살마저도 그게 맞다고 한다는 거다.

"아니, 1년 동안 바다 위에 떠 있다고요?"

"그렇게 보이네요. 한국 바다는 아닙니다. 중국 같습니다."

"이해가 가지 않는데."

사람이 1년간 살아서 물 위에 떠 있을 수 있을까?

그게 가능했다면 인간은 땅을 버리고 물에 가서도 살 수 있으리라.

'무슨 〈시 월드〉도 아니고.'

망해 버린 영화 중에 〈시 월드〉라는 영화가 있다.

거기에서는 온 대륙이 바다에 침수돼서 사람들이 거대한 배를 기반으로 살아간다.

그런 거라면 가능하겠지만……

'배? 잠깐, 배라고?'

물론 배 위에서라면 충분히 살아남을 수 있다.

'하지만 누가?'

먹을 것, 입을 것, 심지어 물까지 배에 가져다줘야 하는데 그게 가능할 리가 없지 않나?

"네놈 얼굴을 보니 이해가 안 간다는 표정이구나."

"솔직히 그렇습니다."

"나는 알 것 같구나."

"아신다고요?"

"멍텅구리 배라고 아느냐?"

노형진은 정신이 번쩍 들었다.

유령선이 아닌 좀비선

"멍텅구리 배요?"

노형진의 말에 덕만수는 눈을 찌푸렸다.

"그거야 모를 수가 없지요. 하지만 한국에서는 씨가 말랐을 텐데요."

멍텅구리 배. 자체적으로 동력이 없어서 한곳에 고정되어 있는 배를 의미한다.

전통적으로는 그러한 배를 한선이라고 부르지만, 사실 한국에서는 그런 전통적인 의미보다는 안 좋은 의미가 더 강하다.

그럴 수밖에 없는 게, 그 멍텅구리 배는 1980년대부터 악명 높은 인신매매의 거래처였기 때문이다.

심지어 2011년에도 방송국 기자들이 취재하러 간 배에서 어떤 노인이 살려 달라고 매달릴 만큼 인신매매는 계속되고 있었다.

"하긴 염전 노예 사건은 아직도 계속되고 있으니."

노형진이 새론과 함께 초기에 해결한 사건 중 하나가 바로 염전 노예 사건이다.

그 이후에 별도의 팀이 신설되어 전국을 돌아다니면서 염전에 대해 감시하고 신고하고 있음에도 여전히 염전 노예는 계속 생겨나고 있는 상황이었다.

"하지만 염전 노예와는 좀 다르지 않을까요?"

염전 노예는 그나마 땅 위에 있다. 그러니 감춰 두기도 쉽다.

하지만 멍텅구리 배가 활개 치는 장소는 다른 곳도 아닌 바다 위다.

"애초에 이제 멍텅구리 배가 나오는 것도 아니고."

멍텅구리 배라는 것은 무동력선을 의미한다.

당연히 그건 위험하다 못해 자살행위에 가깝다.

만일 태풍이라도 오거나 바다가 거칠어지기라도 하면 도망갈 방법이 없기 때문이다.

그래서 지금은 한국에서 그러한 무동력선을 만드는 곳은 거의 없다고 봐도 무방하다.

"그리고 모든 선박은 GPS를 달아야 하는 시대 아닙니까?"

무태식은 역시 이해가 안 간다는 표정이었다.

"한국 해경이 바보도 아니고요."

일단 멍텅구리 배가 있으면 해경은 무조건 검문한다.

당연히 누군가가 강제로 잡혀 있으면 거기서 살려 달라고 난리 법석을 떤다.

과거에는 해경 전력이 부족해서 감시도 힘들었지만 지금은 그것도 아니다. 레이더가 발달하면서 바다에 떠 있는 멍텅구리 배가 감시를 피할 수는 없다.

그리고 인식도 변해서, 과거의 해경은 돈 받고 모른 척해 주기도 했지만 지금은 아무리 부패했다고 해도 그러한 인신매매 행위를 눈감아 주는 놈은 없다.

공무원이 깨끗해졌다기보다는, 인터넷의 등장으로 지금은 배에서 누군가 글이라도 올리면 과거처럼 막을 수가 없게 되었기 때문이다.

과거에는 언론에 제보해도 언론사에서 돈 받고 입을 다물면 그만이었기에 상부에 보고하는 것 말고는 방법이 없었지만, 지금은 그런 짓을 했다가 인터넷에서 터지면 해경 자체가 쑥대밭이 되어 버릴 거다.

"한국은 아닐 겁니다. 애초에 사라진 곳이 중국 아닙니까?"

"중국에도 멍텅구리 배가 있습니까?"

무태식도 덕만수도 당황한 표정이었다.

뜬금없이 중국이라니?

"중국에도 멍텅구리 배가 있습니다. 정확하게는 좀비선이라고 하더군요."

한국의 멍텅구리 배와 마찬가지로 무동력선이다.

그리고 운영 방식도 똑같다.

바다에 고정시킨 후 물고기를 잡아 다른 배로 가지고 오는 거다.

당연히 거기에 있는 사람들은 노예다.

"그렇게까지 한다고요?"

"사람 목숨보다는 기름값이 아까우니까요."

왔다 갔다 하면서 기름을 소비하는 것도 아깝고 인건비도 아까우니까.

그러니 납치한 사람들을 이용해서 배를 굴리는 것이다.

"찾아보니 어이가 없더군요."

중국의 좀비선은 중국에만 있는 게 아니다.

심지어 아프리카에까지 중국의 좀비선이 존재한다.

당연하게도 그러한 좀비선에서 일할 사람들은 납치로 충당된다.

'그러고 보니, 중국이라면 그럴 수도 있어.'

농담이 아니라 실제로 그랬다.

미래에도 중국에서는 정식으로 고용한 동남아 선원을 단한 푼도 주지 않고 노예처럼 부렸다.

심지어 그 과정에서 사망자가 발생하면 계약과 다르게 그시신을 바다에 던져 버렸다.

그게 납치된 것도 아니고 중국에 정식 고용된 해외 근로자의 현실이었다.

진상이 드러난 것은 해당 선박이 보급을 위해 한국에 기항하자 선박에 있던 동남아 선원들이 탈출을 감행, 경찰에 신고했기 때문이었다.

경찰이 잡으러 갔지만 해당 선박은 선원들의 탈출 사실을 알고 바로 출항해서 도주했고, 중국에서는 사실을 알고도 해당 선박을 처벌은커녕 기소조차 하지 않았다.

"동남아에서도 그 문제가 심각하다고 하더군요."

심지어 한국에서 일한다고 해서 계약하고 가 보니 중국 어선이었다는 황당한 사기 계약도 횡행하고 있다고 한다.

"중국에서 납치된 게 확실한 상황이니……."

"그 좀비선이라는 곳으로 팔려 갔을 가능성이 크겠군요."

"그런 것 같습니다."

고등학교 2학년이다.

한국에서도 그 정도면 성인으로 보이고, 영양 상태가 좋으니 당연히 건장해 보일 수밖에 없다.

"중국에서 납치는 공공연한 비밀이니까요."

어렵고 힘들게 하는 게 아니다.

그냥 봉고를 타고 가다가 마음에 드는 희생자가 보이면 그 옆에 차를 세우고 뒤통수를 후려쳐서 태우고 간다.

그게 끝이다.

중국에서 인신매매는 무조건 사형이다.

하지만 그럼에도 불구하고 중국에서의 인신매매는 근절되지 않고 있다.

"그 말이 사실일까요?"

"사실일 수도 있고 아닐 수도 있지요."

모든 게 정확한 것은 아니다.

하지만 확실한 것은, 살아 있다면 무조건 찾아서 데리고 와야 한다는 거다.

"일단은 한번 현장에 가 보도록 하지요."

"노 변호사님이 직접요?"

덕만수는 고개를 갸웃했다.

덕만수 입장에서는 설마 노형진이 직접 갈 거라고는 생각하지 않았던 것이다.

"저를 다른 변호사랑 똑같이 보시면 섭섭합니다, 하하하. 사무실에서 서류만 보는 건 싫어하거든요."

노형진은 웃으며 말했지만 사실 그가 믿는 것은 따로 있었다.

⚖

중국에 도착한 노형진은 바로 아이가 사라진 현장으로 향했다.

그리고 그곳에서 고용한 변호사를 통해 관련 자료를 받는 데 성공했다.

"CCTV가 있었다고요?"

명백하게 CCTV가 있었다.

물론 납치 장면이 직접적으로 찍힌 건 없었다.

하지만 그 시간에 돌아다닌 한 대의 승합차가 있었다.

"아니, 납치 사건이 벌어졌는데 그 당시 차량 검문도 하지 않았다는 게 말이나 돼?"

"공안의 말로는 조사했답니다. 그리고 한 대가 의심스러웠다고……."

"한 대가요?"

"네. 그런데 추적이 불가능하답니다."

공안에서 조사해 보니 차량 번호가 가짜였다는 거다.

그래서 그걸 계속 추적했는데 CCTV가 없는 구역으로 나가 버려 더 이상은 추적이 불가능해졌다.

그게 공식적으로 사건이 종료된 이유였다.

"그걸로 끝이라고요?"

노형진은 혀를 끌끌 차며 말했다.

"그렇다고 하더군요."

중국의 변호사는 떨떠름하게 말했다.

하긴 그는 중국인이니 이런 꼴을 어디 한두 번 보겠는가?

'추적을 못 한다는 건 거짓말이지.'

아무리 차량 번호가 가짜라고 해도 범인을 못 잡는다는 건 상식적으로 말이 안 된다.

안되면 그 당시 이 지역의 핸드폰 번호를 추적해도 되고, 그것도 안되면 차량의 동선을 추적해서 그들이 차에서 내리거나 한 장면을 찾아도 된다.

"외국인이니 아무래도 귀찮게 여긴 듯한 느낌이 강하군요."

덕만수는 짜증스럽게 말했다.

"애초에 공안의 목적은 사회의 안정이 아니라 공산당의 보호니까."

중국은 전 세계에서 가장 강력한 감시 국가 중 하나다.

한국처럼 단순한 CCTV가 아니라 거기에 찍히면 신상이 다 나오는 시스템으로 운영되고 있다.

그 정도로 감시되지만, 현실적으로 그렇게 발견된 범인을 잡으려는 시도는 하지 않는다.

그들이 찾는 것은 범죄자가 아니라 국가에 반항하는 반역자들이니까.

"해당 차량을 다시 추적해 달라고 하면 안 됩니까?"

덕만수의 말에 중국인 변호사는 고개를 흔들었다.

"힘들 겁니다. 인신매매범들이 활개를 치는 데에는 다 이유가 있습니다."

중국에서 인신매매범은 잡히면 무조건 사형이다.

그놈들도 죽기는 싫으니 당연히 어떻게 해서든 추적을 벗어나려고 한다.

그 방법 중 하나가 바로 차량 번호의 교체다.

"한번 인신매매를 하고 나면 차량 번호는 무조건 교체합니다."

"그렇게 차량 번호가 많아요?"

"그걸 만들어 주는 업자가 따로 있습니다."

그들에게서 수백 개를 만들어, 범죄를 저지를 때마다 바꿔 치기하니 현실적으로 추적이 불가능하다는 것.

그러니 다른 방법으로 추적해야 한다는 거다.

'그래서 내가 왔는데 말이지.'

문제는 기억을 읽을 수 있는 대상이 없다는 거다.

차량을 특정하지도 못했고, 그렇다고 그들이 간 곳을 찾을 수도 없다.

"일단 공안으로 가시죠."

"공안으로 간다고 해도 도움을 받기는 힘들 겁니다."

노형진은 고개를 흔들었다.

"공안에게 도움을 받으려는 게 아닙니다. 아니, 도움을 받으려고 하는 건 맞지만 수사와 관련해서 도움을 받을 건 아니지요."

"네? 그게 무슨……?"

"혹시 이 지역을 잡고 있는 조폭 집단에 대해 알까 해서요."

"조폭요?"

떨떠름한 표정이 되는 중국의 변호사.

그럴 수밖에 없는 게, 중국의 폭력 조직과 연관되면 좋은 꼴을 못 보는 게 사실이니까.

"저도 나름 변호사 생활을 했지만 범죄라는 건 결국 지역에서 어느 정도 이야기가 되어 있어야 하는 법이거든요."

한 지역에 두 개의 폭력 조직이 존재할 수는 없다.

특히나 이 지역을 꽉 잡고 있는 조직의 힘이 강하다면 더더욱 불가능하다.

"그러면 답은 둘 중 하나가 됩니다."

첫째, 이 지역의 공안이 그들과 손잡고 있다.

현실적으로 중국의 치안 상태를 생각하면 그 가능성이 제일 높다.

둘째, 작은 곳이 이 지역 집단의 허락을 받고 영업한다.

"하지만 솔직히 그럴 가능성은 낮습니다."

사형이라는 높은 처벌에도 불구하고 인신매매가 계속되는 이유는 그만큼 돈이 되기 때문이다.

그런데 그런 노다지를 외부의 조직에 넘겨줄까?

그럴 가능성은 높지 않다.

"결국 그러면 남은 건 첫 번째지요."

"외부에서 몰래 들어와서 할 수도 있지 않습니까?"

덕만수가 조심스럽게 자기 의견을 말했다.

하지만 노형진은 고개를 저었다.

"그럴 가능성이 높아 보이지는 않네요."

자기 구역에서 그런 행동을 하는 걸 그냥 두고 보는 조직은 없다.

왜냐하면 그런 문제가 심해지면 공안에서는 가장 먼저 이 지역의 폭력 조직을 족치려고 할 테니까.

"폭력 조직들은 어지간하면 타협이라는 게 없습니다. 특히 미래가 불확실할수록 그러한 타협을 이루어 내는 건 거의 불가능하지요."

까딱 잘못하면 자기네 조직이 모조리 쓸려 버릴 가능성이 큰데 과연 누가 애매하게 타협하겠는가?

"결국 극단적인 거죠."

즉, 이 지역을 관리하는 조폭을 알게 되면 범인을 특정하는 것도 쉽다는 거다.

"그런 거라면 공안까지 가지 않아도 됩니다. 이 지역에는 유명한 조직이 있으니까요."

"누구죠?"

"황곰 파입니다."

"황곰요?"

"이 지역을 꽉 잡고 있는 폭력 조직입니다. 그리고……."

"삼합회 소속이겠군요."

변호사는 고개를 끄덕거렸다.

"삼합회에 속하지 않고서는 그 정도 규모를 유지하지 못합니다."

"그들이 인신매매도 합니까?"

"공식적으로는 하지 않습니다."

하긴, 공식적으로 인신매매하는 미친놈들은 없을 테니까.

"그런데 왜 말을 하지 않은 겁니까?"

덕만수는 짜증 난다는 표정으로 중국인 변호사를 바라보았다.

자신들이 왜 왔는지 그는 알고 있었다.

당연히 이 지역에서 자리 잡고 일하는 변호사이니 이 사건의 전반적인 내용을 추측하는 건 어려운 일이 아니었을 것이다.

"그게……."

덕만수의 눈길에 찔끔하는 그를 보면서 노형진은 한숨을 쉬었다.

딱 봐도 잔뜩 겁먹은 게 뻔하게 보였다.

"황곰이라는 조직이 그렇게 힘이 강합니까?"

"공안과도 안면이 있고……."

"공안과 안면이 있다라……."

그 말은 법적으로 이길 수 있는 방법이 전혀 없다는 소리다.

'적룡을 없앨 때 썼던 방법은 아무래도 무리겠군.'

적룡의 경우는 무기를 가지고 있는 폭력 조직이었기 때문에 그걸 이용해서 엿을 먹였지만 여기는 도심 한복판이다.

그런 곳에 있는 놈들이 무기를 소지하고 있을 가능성은 높지 않고, 설사 가지고 있다고 해도 어쭙잖게 외부에 둘 리가 없다.

아마도 아무도 모르는 지하 창고 같은 곳에 두었을 가능성이 높다.

"아니, 그러면 애초부터 말하든가요."

"그게……."

중국 변호사가 말을 못 하자 노형진은 눈을 찡그리며 그에게 손을 흔들어 보였다.

"당신은 해고입니다."

"네, 알겠습니다."

중국 변호사는 별말 하지 않고 조용히 물러났다.

그걸 보고 덕만수는 짜증스러운 표정으로 물었다.

"고작 해고로 끝나는 겁니까?"

"어쩔 수 없지요. 뭐, 죽일 수는 없잖습니까. 그리고 우리가 데리고 있을 수도 없고요."

단순히 이름을 말하는 것만으로도 잔뜩 겁을 집어먹은 상황이다.

그런 놈이 여기에서 같이 일한다?

"그러면 분명 우리 쪽의 정보를 그 황곰이라는 곳에 계속 알려 줄 겁니다. 어쩌면 벌써 알려졌을지도 모르고요."

"네? 그게 무슨……?"

"아무래도 경호 팀을 다른 곳에서 불러야겠습니다. 중국의 경호 팀은 믿을 수가 없어요."

한국에서도 폭력 조직이 경호원이라는 가면을 잘 쓰듯이 그건 중국도 마찬가지.

물론 자신들과 관련이 없는 일이라면 멀쩡하게 경호 업무를 할지도 모르지만, 만일 자신들과 관련이 있는 사건이라면 최악의 경우 그들에 의해 살해될지도 모른다.

　　"중국 쪽은 아무래도 파고드는 게 쉽지 않네요."

　　덕만수는 고민스러운 표정이었다.

　　"걱정하지 마세요. 이럴 때 도움이 되는 사람이 있으니까."

　　"상대는 중국의 공산당입니다. 그런데 도움이 되겠어요?"

　　그러자 노형진이 고개를 끄덕거렸다.

　　"도움이 됩니다. 아주 잘되고말고요, 후후후."

　　노형진은 바로 손채림을 불렀다.

　　손채림은 전 세계에서 많은 사람을 만나며 한때 중국의 주요 정치인들과 인맥을 관리하기도 했다.

　　당연히 그녀에게는 여전히 중국의 주요 인맥이 살아 있는 상황이니 그녀를 통해 정보를 얻기 위해서였다.

　　물론 이 모든 건 철저하게 기밀로 취급된다.

　　중국 입장에서는 반역이나 마찬가지이니까.

　　하지만 중국의 부패가 심하다는 것은, 한편으로는 이쪽에서 이용해 먹을 여지 또한 아주 많다는 것을 의미한다.

　　"황금이라……."

"그렇습니다. 혹시 아시는 게 있습니까?"

조용한 호텔 안.

자신을 왕이라고 소개한 남자는 소파에 앉아 진지한 표정으로 말했다.

"곤란한 상대를 건드리려고 하는군."

"곤란한 상대요?"

"그래. 황곰이라고 하면 우리도 건드리기 힘들어."

우리라고 표현하는 건 그가 중국의 공안에서 핵심적인 위치에 있는 사람이기 때문이다.

노형진은 눈을 찡그릴 수밖에 없었다.

"공안도 그들을 건드리지 못한다고요?"

"건드리려고 한다면 못 할 것이야 없지. 하지만 정치적으로는 상당히 부담스럽거든."

"이해가 가지 않는군요. 그들은 단순 폭력 조직이 아니었나요?"

폭력 조직이 아무리 설쳐 봐야 결국 공안의 손바닥 안이다.

그런데 공안의 핵심 멤버가 건드리기 힘들다고 말할 정도라면 그들의 힘은 도대체 어느 정도란 말인가?

"그들은 단순한 폭력 조직이 아니야. 그들은……."

잠깐 고민하던 왕이.

그러나 이내 그는 마음을 굳혔다.

눈앞에 있는 위안화가 가득 들어 있는 가방은 그를 흔들기에 충분했기 때문이다.

"그들은 해상민병대 소속이네."

"해상민병대요?"

처음 들어 보는 말에 노형진은 눈을 찡그렸다.

"그게 뭡니까?"

"아마 일반인은 잘 모를 거야. 쉽게 말해서 우리 나라의 준군사 조직이야."

"준군사 조직이라고요?"

준군사 조직. 군사 조직은 아니지만 상황에 따라 군으로 편성되어서 적극적으로 전투에 가담할 수 있는, 사실상의 전투 병력을 의미한다.

대한민국의 대표적인 준군사 조직이 바로 경찰이다.

미국은 바로 다른 나라의 정규 해군 규모를 갖춘 미국 해안경비대이고 말이다.

중국의 경우는 준군사 조직이 여러 개가 있다.

사실상 무력을 동원할 수 있으면 다 준군사 조직으로 봐도 무방하다.

다른 나라는 일반 경찰로 빠지는 해경조차도 중국은 준군사 조직으로 편입시켜 무장의 수위를 높이고 있기 때문이다.

"준군사 조직에 대해서는 어지간하면 알고 있다고 생각했는데요?"

"틀린 말은 아니지. 그런데 준군사 조직이라는 것 자체가 말장난 아닌가? 결국 정부가 통제할 수 있다면 그건 준군사 조직이 되는 거지."

"으음……."

"해상민병대는 명백하게 중국 정부가 운영하는 준군사 조직일세. 법적으로는 어민들이 의무적으로 가입해야 하는 조직이지만."

노형진은 순간 어이가 없었다.

그런 거라면 해상민병대라는 이름이 붙으면 안 된다.

쉽게 말해서 한국으로 치면 어민들의 조합인 수협이 민병대라고 불린다는 거다.

그런데 상식적으로 민병대라는 이름이 붙어 있다는 것 자체가 최악의 경우 전투를 감안한다는 뜻이다.

"의무 가입이라고요?"

"그래, 해상민병대는 당의 지령에 따라 움직이지. 그러니 그걸 전달하고 내부의 위계질서를 잡아 줄 자들이 필요해."

"설마?"

"황곰이 그런 조직이네."

공식적으로 민간단체인 만큼 섣불리 당에서 뭔가를 시킬 수는 없다.

무슨 일을 하든 그들의 책임이다.

하지만 중국은 민간인을 내세워서 방어하는 데 익숙하다.

일종의 방패인 셈이다.

"해상민병대 숫자가 무려 30만 명이지. 그걸 통제하기 위해서는 어느 정도 세력이 필요해."

그리고 그걸 통제하는 조직 중 하나가 바로 황곰이다.

"의무 가입이라고요? 잠깐만, 그 말은?"

노형진은 한 가지 가능성을 생각했다.

매년 한국에 와서 물고기를 싹쓸이해 가는 수많은 어선들.

생각해 보면 그들이 한꺼번에 모여서 그렇게 싹쓸이해 가는 것에 대해 서로 모여서 입을 맞추는 것은 사실상 불가능에 가깝다.

한번 움직일 때마다 배가 한 척도 아니고 수백 척씩 몰려오는데 말이다.

"한국에서 싹쓸이하는 선단? 맞아. 자네 생각대로 그들이 모두 해상민병대 소속이지."

그리고 황곰은 그런 조직을 운영하는 단체라는 거다.

"이야기를 들어 보니 납치된 아이를 찾는다던데, 황곰이 운영하는 선단은 따로 있거든."

"아……."

생각해 보니 그렇다.

단순히 조류를 따라다니는 멍텅구리 배라고 하더라도 다른 선박과 마주칠 일이 아예 없지는 않을 것이다.

한국에도 해경이 있듯이 중국에도 해경이 있으니, 누군가 이상하다고 신고만 해도 거기에 있는 사람들은 다 구출될 것이다.

"하지만 황곰은 좀 다르지."

애초에 준군사 조직인 해상민병대를 지배하는 작자들이고, 당연히 중국의 해경과 밀접한 관계를 가지고 있을 수밖에 없다.

"준군사 조직? 민병대?"

덕만수는 이해가 안 간다는 표정이었다.

물론 그게 의미하는 바를 모르는 것은 아니었지만 그렇다고 해도 상황이 너무 복잡했으니까.

그저 인신매매된 아이를 구하러 온 것인데 도대체 왜 준군사 조직이니 민병대니 하는 말이 나온단 말인가?

하지만 그 말을 듣는 노형진의 머릿속에서는 한 가지 생각이 스치고 지나갔다.

"혹시…… 사략 함대 같은 겁니까?"

"머리가 좋군."

왕이는 고개를 끄덕거리며 말했다.

"황곰은 그런 조직을 이끄는 놈들이야."

"이런 미친. 그게 말이나 됩니까? 지금은 21세기인데?"

"안 될 건 뭐가 있나?"

"그러면 그 좀비선을 운영하는 건?"

"황곰이야."

노형진은 황곰이 아이를 납치해서 팔아먹었을 거라 생각

했다.

하지만 이야기를 들어 보니 팔아먹은 게 아니라 자기들이 노예로 쓰는 것이었다.

"그걸 그냥 둔다고요?"

"준군사 조직이라니까."

준군사 조직은 비상시 전투 병력으로 전환될 수 있는 집단을 의미한다. 즉, 그들은 무기를 가지고 무장하고 있다는 소리다.

"환장하겠네."

노형진은 생각지도 못한 문제에 머리가 지끈거렸다.

⚖️

"사략 함대요?"

"과거에 영국이 사략 함대를 운영했지요."

사략 함대란 해적을 의미한다.

그들이 사략 행위를 하는 방법은 간단하다.

마치 일반 선박인 것처럼 위장해서 돌아다니다가 다른 선박을 만나면 해적으로 돌변, 그 배를 털어 버리는 것이다.

"하지만 그건 옛날에나 가능한 거 아니었습니까?"

"지금도 가능하기는 합니다. 현실적으로 사략 함대의 존재는 각 국가에 극도의 부담을 주고 있고요."

대포로 쏴 대던 과거와 달리 지금은 민간인 선박을 공격할 수는 없다.

군함은 군함, 화물선은 화물선으로 확실하게 구분할 수 있으니까.

"하지만 만일 민간인 선박이 공격한다면요?"

"네?"

"민간인 선박이 지근거리까지 와서 어뢰를 쏘거나 한다면요? 베트남전을 생각해 보세요. 베트남전에서 미군이 가장 머리 아팠던 것은 북군이 아니라 베트콩이었습니다."

"그러면 확실히 현대 해군도 부담스럽겠네요."

"전쟁에서 민간인 학살 문제가 나오면 불리해지는 건 공격자 측입니다."

해상민병대는 분명 민간인이다.

만일 그들이 접근한다고 선제공격해 버리면?

민간인 학살 오명을 뒤집어쓸 것이다.

그렇다고 그냥 두자니, 이놈이 그냥 물고기를 잡는 어선인지 무장하고 있는 준군사 조직인지 알 수가 없다.

"극단적인 예시로 말하면 핵 공격도 가능하지요."

"네? 그게 무슨······?"

"중국은 미국에 비해 함대가 부족합니다. 솔직히 함대전을 하면 못 이겨요."

당장 중국에서 항모를 만든다고 난리 법석을 피우고 있지만 전투 능력에 있어서는 부족하다는 것이 인정되고 있다.

"하지만 미국 함대가 접근하도록 둘 리가 없지 않습니까?"

"보통은 그렇지요. 그런데 접근하는 의도가 SOS라면요?"

"SOS요?"

"국제법상 모든 함선은 해상의 구명 신호가 발견되면 구호 활동에 임하도록 되어 있습니다."

그건 군 함대도 마찬가지.

"극단적으로는 배에다가 핵폭탄을 실어 둘 수도 있지요."

그리고 구조를 위해 그들이 다가오면 자폭 공격을 할 수도 있다.

"핵폭탄 하나면 미국 함대 하나 날리는 건 일도 아닙니다."

"미친⋯⋯. 설마 그렇게까지⋯⋯."

"모를 일입니다. 실제로 중국이 해상민병대를 사략 함대로 운영하는 건 여러모로 드러나고 있고요."

어선 집단들이 하는 건 단순히 물고기 싹쓸이 정도가 아니다.

타국의 어선을 만났을 때 잡은 물고기를 털어 가는 것은 당연하고, 심한 경우 배 자체를 빼앗아 가기도 한다.

그나마 한국의 경우는 국력도 강하고 해경이 강력하기 때문에 배를 빼앗거나 하지는 못하지만, 동남아 국가의 경우는 그런 일이 제법 많다고 한다.

"애초에 동남아 국가에서 불법 중국 선박들을 왜 폭파시키겠습니까?"

그들은 그러한 불법 조업을 하는 중국 선박들을 민간인이 아니라 해적으로 보는 거다.

"애초에 사략 함대라는 것이 국가의 허락을 받고 타국의 함선을 공격하는 해적들을 의미하는 거니까요."

그리고 황곰이 그런 걸 운영한다면 당연히 정부에서도 외부에서 뭐라고 하든 신경도 안 쓸 것이다.

내부에서 벌어지는 인신매매나 납치, 노예 노역 등에도 중국 정부는 신경 쓰지 않는다.

전 세계에서 가장 인구가 많은 나라가 중국이고, 그 때문에 중국에서는 사람의 목숨이 그다지 가치가 있지 않다.

"그러면 그 황곰에게서 아이를 구하지 못한다는 말입니까?"

"다른 방법을 찾아야 합니다."

"우리가 아이를 산다거나……."

부모 입장에서는 몇억을 주고라도 아이를 사고 싶어 할 게 뻔하다.

하지만 노형진은 고개를 흔들었다.

"아마도 소용없을 겁니다."

"소용이 없다니요?"

"결국 산다고 해도 1억 내외의 가격이 나올 텐데, 그렇게 준군사 조직으로 운영된다면 그 정도 돈으로 정치적 부담을 안으려고 하지는 않을 테니까요. 그리고 그 녀석들이 아이의 존재를 알고 있을 거라고는 생각하기 힘듭니다."

"그게 무슨 말씀입니까?"

"한도중 학생의 이름이나 신분을 특정한 게 아니란 말입니다."

그냥 지나가다가 쓸 만한 노예가 발견되었고, 그래서 납치한 것뿐이다.

당연히 이름이나 나이 같은 걸로 관리할 리가 없다.

말도 안 통할 테니까.

"좀비선에서 대화가 필요한 것도 아니고요."

그물을 던졌다가 꺼내는 반복되고 힘든 일을 할 사람이 필요한 거니 서로 말을 나눌 이유가 없다.

"황곰이라는 조직이 얼마나 큰지는 모르겠습니다만, 중국에서 비호를 받고 있다면 손대기는 힘듭니다."

단순히 힘을 가진 작자들과 결탁한 정도라면 모를까, 명백하게 중국 공산당의 지원을 받고 있는 준군사 조직이다.

아무리 노형진이라고 해도 그런 놈들을 건드리는 데에는 한계가 있다.

"그러면 어떻게 하지요?"

"일단은……."

노형진은 턱을 문질렀다. 그리고 한참 고민하다가 생각을 바꿨다.

"추적하는 순서를 바꾸죠."

"네?"

"좀비선을 먼저 추적한 후에 그들을 구출합시다."

이것이 법이다

"좀비선을요?"

"애초에 황곰과 접촉하려고 한 이유는 그들이 한도중 학생을 어디다 팔았는지 확인하기 위해서 아니었습니까? 그런데 팔지 않고 자기들이 데리고 있다면, 굳이 접촉할 이유가 없지요."

"하지만 망망대해 어디에 있는지 알 수가 없지 않습니까?"

노형진은 어깨를 으쓱하며 말했다.

"아마 아닐걸요."

"그게 무슨……?"

"바다가 넓다 뿐이지, 배가 갈 수 있는 곳은 뻔하다는 말입니다."

황곰이 접수하고 있는 도시의 앞바다는 넓다.

하지만 그곳에 있을 가능성은 높지 않다.

"중국의 바다는 거의 초토화 직전이지요."

이번 작전을 같이 실행하게 된 민간 군사 기업의 직원은 고개를 갸웃했다.

"그게 무슨 의미입니까?"

"말 그대로입니다. 중국의 어업은 저인망을 통해 싹쓸이하는 방식입니다."

저인망은 바닥에 그물을 끌면서 물고기를 잡는 방식이다.

그런데 이건 기본적으로 좋지 않다.

저인망이 바닥을 파괴하면서 그 지역에 사는 물고기들의 생태계를 박살을 내기 때문이다.

더군다나 싹쓸이라고 불릴 만큼 그물망 역시 촘촘하기 때문에 아주 작은 치어 하나 도망가지 못한다.

"중국 어선단이 굳이 해외로 나가 그렇게 무리하면서까지 물고기를 잡아가는 이유는, 중국 당의 명령도 있겠지만 현실적으로 중국 내부에서 물고기를 잡을 수 있는 곳이 없기 때문입니다."

그러니 비싼 기름을 쓰는 한이 있어도 한국이나 동남아에 가서 잡아 오는 수밖에 없는 것이다.

그러지 않으면 아예 물고기 자체를 잡을 수가 없으니까.

"그런데 우리가 노리는 건 바로 좀비 어선입니다. 동력이 없는 멍텅구리 배죠. 그런 배들이 그런 바다에 있어 봐야 무슨 소용이 있겠습니까?"

"그건 그러네요."

당연히 그런 곳에 백날을 떠 있어 봐야 물고기 한 마리 구경하기 힘들 것이다.

"그렇다고 다른 나라의 해역에 들어갈 수도 없습니다."

그곳에서 물고기를 잡다가 걸리면 중국의 좀비선에 관련된 비밀이 전 세계에 퍼질 수도 있다.

"그러면 남은 건 공해상이지요."

공해상, 즉 누구의 영역도 아닌 바다.

"황곰의 영역에서 공해상으로 일직선으로 나간다면 그 영역은 그다지 넓지 않습니다."

"공해상이라면 엄청 넓을 텐데요?"

덕만수는 자신의 상식과 정면으로 배치되는 노형진의 말에 고개를 갸웃했다.

공해란 결국 주인 없는 바다라는 건데, 태평양 같은 곳은 무지막지하게 넓으니까.

"압니다. 하지만 선박이 갈 수 있는 곳이어야 한다는 한계가 있지요."

"선박이 갈 수 있는 곳이라고요?"

"연안형의 선박이라면 아무리 잘 만들어졌다고 해도 태평양을 가로지르는 건 위험한 일이지요."

"아, 그렇겠네. 중국 선박들은 노후화가 엄청 심하지요? 성능도 시원치 않고."

"맞습니다."

좀비선으로 접근해서 물과 식량을 주고 잡은 물고기를 가지고 와야 하는데, 거기에 초대형의 화물선을 쓸 수는 없다.

또한 좀비선으로 사용되는 선박들은 거센 파도라도 만나는 날에는 물속으로 가라앉을 가능성이 아주 높기 때문에 애초에 좋은 배일 수가 없다.

"공해상으로 나가는 일종의 경계에서 하겠군요."

"맞습니다."

그리고 중국의 동쪽에는 한국이 있고, 남쪽에는 대만과 일본이 있다.

당연히 그 공해라는 공간은 그리 넓지 않다.

"그곳에서 무차별적으로 구출 작전을 실행하는 겁니다."

"무차별적으로요?"

"우리는 한도중 군이 어디에 있는지 모릅니다. 그러니 무차별적으로 하는 수밖에요."

"그걸 의심하면 어쩌지요? 죽여 버릴 수도 있지 않습니까?"

노형진은 고개를 흔들었다.

"좀비선입니다. 그런 걸 예상하기는 쉽지 않지요."

좀비선에는 제대로 된 통신시스템도 없다.

설사 그들이 무전으로 도움을 요청한다고 한들, 중국 본토에서 황금이 왔을 때쯤이면 이미 일은 모두 끝난 상태일 가능성이 높다.

"그리고 공식적으로 중국은 끼어들 수 없지요."

그들을 구하는 걸 중국 함대나 중국 해상경찰이 막는다면, 그건 중국이 노예를 운영한다는 증거가 되니까.

"하지만 아이에게 보복이 갈지도……."

"우리는 한도중 군이 어디에 있는지 모릅니다. 그래서 무차별적인 구출 작전을 하게 되는 겁니다. 이걸 반대로 생각하면, 저들이 우리의 존재를 어떻게 알아챘다고 해도 무엇을 노리는 건지는 알 수가 없다는 뜻이 됩니다."

"아하!"

문제가 생겨도 그들은 자기네 조직에 대한 공격이라고 생각하지, 한도중이라는 아이를 구출하기 위해 누군가가 나선 것이라고 생각할 가능성은 높지 않다.

"그리고 좀비선의 특성상 가 봐서 없으면 침몰했겠거니 하겠지요."

죽어도 그만인 놈들이니까.

"일종의 구출 업무군요."

노형진은 고개를 저었다.

"구출요? 아니요. 우리는 이제부터 해적입니다."

"네? 해적요?"

"네, 해적!"

노형진은 보기 드물게 설레는 표정이었다.

"남자들의 로망, 해적입니다. 이럴 때 아니면 언제 해 보겠습니까?"

대해적 시대?

물론 그게 쉬운 일은 아니었다.

일단 제대로 된 무장과, 장비를 실을 수 있는 배가 필요했다.

심지어 대양에서 운행하는 걸 기준으로 만들어진 배여야 했기 때문에 크기도 제법 커야 했다.

"별게 다 있다고 하더니."

아이러니하게도 그런 걸 구할 수 있는 곳은 중국이었다.

사실상 떠 있기만 하고 오래 쓸 수 없는 낡은 배들.

그런 것들을 파는 사람들이 제법 많았기 때문이다.

그리고 그런 것에 대해 잘 아는 사람도 한 명 있었고 말이다.

"네가 원한 배다. 선적도 없고 기록도 없지. 엔진이 두 개고 프로펠러도 두 개야. 무장도, 개인화기 정도는 충분히 실을 수 있고."

중국에서 그런 배를 찾아 준 것은 다름 아닌 남상진이었다.

뒷세계의 물건을 가장 잘 아는 게 그였으니까.

"이거 혹시……?"

덕만수는 내부를 보다가 눈을 찡그렸다.

분명 사방에는 중국어로 되어 있는 설명서들이 붙어 있었다.

그런데 덕만수는 그게 이상한 거다.

아니나 다를까, 설명서들을 떼어 내니 그 아래에 베트남어
로 된 설명이나 이름이 모습을 드러냈다.

"해적질로 빼앗은 배를 등록해서 쓸 수는 없겠지."

노형진은 쓰게 웃었다.

문제가 안 될 배를 구해 달라고 했다고 설마하니 베트남에
서 빼앗은 배를 가지고 올 줄이야.

"나중에 쓰다가 침몰시켜도 문제 될 건 없을 거다. 그리고
무기는 이미 배에다가 실어 놨다."

"땡큐."

"살다 살다 변호사 놈이 해적질을 한다고 말하는 건 또 처
음 보는군."

"나는 정의로운 해적이라니까."

"웃기는군."

남상진은 노형진을 마치 미친놈 바라보듯 하면서 말했다.

"정부나 언론에 잡히지 마라."

"그럴 일 없어. 걱정하지 마."

노형진은 손을 휘휘 저었다.

"그리고 황곰은, 가능하면 직접 건드리지는 마."

"너도 황곰에 대해 아냐?"

"여차하면 새론에 폭탄 트럭을 들이밀어도 이상하지 않은 놈들이다."

노형진은 눈을 찌푸렸다. 설마 그 정도일 줄이야.

"중국에서도 건드리지 않는 데에는 다 이유가 있는 법이야."

남상진은 무심한 표정으로 당부했다.

그러나 노형진은 조금도 신중해지는 법 없이 자신만만했다.

"조금만 기다려. 그 황곰도 오래는 못 갈 테니까."

⚖️

배를 구했다고 해서 모든 준비가 끝난 것은 아니었다.

노형진이 자신 있게 말하기는 했지만 바다는 엄청나게 넓으니까.

하물며 중국이 접한 바다는 더 넓다.

황곰이 자기네 영역을 지켜 가면서 좀비선을 둘 리는 없으니 누군가는 대략적인 방향을 알려 줘야 했다.

"괜찮으십니까? 전화 같은 걸로 알려 줘도 되는데요."

방향성을 정해 주는 것. 그건 다름 아닌 노형진이 무속인들에게 기대하는 부분이었다.

어차피 하염없이 바다를 헤매야 한다면 좋든 싫든 그런 것에 기대 보는 것도 나쁘지 않기 때문이다.

그리고 그 방향을 정하기 위해 영란은 직접 배에 올라탔다.

"만신이라고 하지요. 신은 온 세상에 있습니다. 물론 여기 바다에도 신은 있지요."

바다를 보면서 영란은 말했다.

"신과 더 가까이 갈수록 더 확실해지니까요."

"그래도 위험할 수 있습니다."

"그 대신 빠르게 움직일 수 있다면 더 안전하게 사람들을 구할 수 있겠지요. 솔직히 온 바다를 헤매면서 그 배를 찾는 게 얼마나 가능성이 있겠습니까?"

"그건 그렇지요."

노형진은 그 말에 쓰게 입맛을 다셨다.

그녀의 말대로 그건 절대 쉬운 일이 아니니까.

"걱정하지 마세요. 아버님이 말씀하신 대로 제가 해 드릴 수 있는 건 방향을 잡아 드리는 것뿐입니다. 제가 싸울 일은 없을 겁니다. 그리고 제가 위험하다면 저를 보내지도 않으셨을 거고요."

"그런가요?"

"네. 아버님이 그래서 운전면허가 없지요."

"네? 운전면허가 없으셨나요?"

"네. 신이 반대를 하셨다고 하더군요."

그 말에 노형진은 고개를 끄덕거렸다.

사실 일이 잘못되어서 뭔가 위험해질 가능성은 낮다.

"그나저나 이쪽은…… 끔찍하군요."

영란은 쓰게 웃으며 말했다.

"중국의 기운이 많이 약해졌네요."

"나라의 기운이요?"

"업은 개인에게만 해당되는 게 아닙니다."

업은 단체나 기업 그리고 국가에까지 영향을 미친다.

당장은 엄청나게 강해 보이지만 언젠가는 그 업이 들이닥치게 된다. 그러면 그 나라는 환란에 처하게 된다.

"당장 일본을 보세요. 이제는 무너지고 있지 않습니까?"

"그거야 사회 정치상……."

"사회 정치의 문제라고 할 수도 있지요. 하지만 저희는 업이라고 생각합니다. 업은 빨리 다가오지는 않습니다. 하지만 지치지도 않지요."

그 말에 노형진은 입맛만 다셨다.

실제로 노형진이 회귀하기 전의 일본은 거의 무너지기 직전의 대혼란이었다.

일본은 한때 첨단 기술의 메카임을 자랑했지만, 회귀 직전에는 감히 그리 부를 수도 없는 지경이 되어 있었다.

사실 일본뿐만이 아니라 대부분의 나라는 흥망성쇠가 있다.

한때 모든 길은 로마로 통했다지만 지금은 미국으로 통하는 것처럼.

"나라의 운을 제가 다 볼 수는 없지요. 하지만 한 가지는 확실합니다. 여기는 좋지 않아요."

먼바다를 보면서 말하는 영란.

"뭐, 중국이 어떻게 되든 제가 알 바는 아니죠."

"잔인한 말씀이네요."

"한국 사람 구하기도 바쁩니다."

그 말에 영란은 쓰게 웃으면서 한쪽 방향을 가리켰다.

"저쪽입니다."

"저쪽요?"

"네. 저기에 그들이 있습니다."

노형진은 고개를 돌려서 그녀가 가리킨 쪽을 바라보았다.

공교롭게도 해가 떨어지는 곳이었다.

"이제 그들의 해가 떨어질 시간이네요."

노형진은 담담하게 말했지만 그 말의 무게는 절대 가볍지 않았다.

⚖

캄캄한 어둠이 내려앉은 광활한 바다.

그곳을 한 배가 조용히 달려가고 있었다.

노형진과 덕만수 등이 탄 '해적선'이었다.

"레이더를 잘 확인해 보세요. 분명 좀비 어선이 이 근처에 있을 겁니다."

좀비 어선을 찾아서 밤바다를 질주하는 해적선.

덕만수는 옆에서 기가 막힌다는 표정이었다.

"제가 무당을 이용해서 사건을 해결하겠다고 하기는 했지만 변호사님은 한술 더 뜨시네요. 범인이 있는 곳을 물어보시다니."

"무속의 기본은 방향성입니다. 어디로 가야 할지 방향을 알려 주는 거지요. 그 이후에 제가 어떻게 할지는 제 선택이고요. 저도 무속을 믿지만 100% 믿지는 않습니다. 사실 무속인들도 100% 믿지 말라고 합니다만?"

"네? 그게 무슨 말씀이십니까?"

"다 맞는 건 아니라는 거죠."

사실 무속인들 사이에서도 각자의 손님이 있다고 한다.

실제로 이미 무당집에 왕래하는 손님이 다른 무당집에 가는 경우, 그 무당이 당신은 내 손님이 아니라면서 안 받아 주는 경우도 종종 있다.

"그럴 때는 물어본다고 해도 틀린다고 하더군요."

"그런 소리는 처음 들어 봤습니다."

"자기 돈을 포기하고 손님을 돌려보낼 무당이 흔할까요?"

노형진이 쓰게 웃으며 말하자 덕만수는 이해한 듯 고개를 끄덕거렸다.

"결국 중요한 건 개인의 선택입니다. 제가 물어본 건 방향성이었는데, 그걸 말해 줬으니까요. 말 그대로 물에 빠진 사람 지푸라기라도 잡는 심정이라고 볼 수 있지요. 덕만수 씨가 원하는 게 그런 게 아닌가요? 지푸라기라도 잡는 심정."

그 말에 덕만수는 고개를 끄덕거렸다.

그도 100% 믿자는 게 아니다. 다만 방향이라도 잡아 보자는 것이었지.

"하지만 해적선을 운영하라고 하시지는 않았잖습니까? 아예 그에 대해서는 물어보시지도 않았구요."

해적이라니.

물론 민간 선박을 터는 건 아니니 해적이라고 표현하기는 애매하지만, 그렇다고 해도 이런 건 진짜 생각도 못 할 일이었다.

"개인의 운명은 개인이 정하는 겁니다. 무속인이 아니라요. 그렇게 생각 없이 살 수는 없지요. 그리고 저는 자본주의 국가의 변호사입니다. 돈만 있으면 뭐든 할 수 있는 게 자본주의죠."

노형진은 씩 웃으며 말했다.

물론 이곳이 영해라면 곤란했을 것이다.

하지만 영해가 아니라 공해이기 때문에 선박의 운행을 막거나 할 수는 없다.

당연히 각 나라의 해상 보안청이나 해경은 나오지 않을 테고 말이다.

그렇게 얼마나 운행했을까? 레이더에 뭔가가 나타났다.

"레이더에 한 개의 물체가 나타났습니다. 이게 좀비 선박일까요?"

노형진은 레이더로 다가가 살폈다. 그리고 고개를 끄덕거렸다.

"그런 것 같네요."

선단을 구성해서 나왔다면 고작 한 척만 덩그러니 있을 리가 없으니까.

게다가 레이더상의 선박은 꼼짝도 하지 않고 있었다.

미리 설치한 그물을 걷어 올리는 것일 수도 있지만, 일반적으로 그러한 작업은 낮에 이루어지는 경우가 많다.

"진짜였어?"

"와, 미친! 그냥 방향을 잡고 나왔다고 저게 발견된다고?"

노형진이 처음에 점괘를 통해 방향을 정할 때는 뭔 미친 짓인가 하던 사람들도, 진짜로 좀비 선박으로 의심되는 게 등장하자 눈을 둥그렇게 뜨고는 레이더를 살폈다.

"일단은 그쪽으로 다가가 보죠."

이쪽에서 다가가는데도 불구하고 아무런 신호나 반응이 없는 어선.

가까이 가 보니 당장이라도 침몰할 것처럼 썩어 버린 배

한 척이 서 있는 게 보인다.

"방해전파 장비 작동하세요."

노형진의 말에 옆에 있던 용병이 고개를 끄덕거리고는 뭔가를 작동시켰다.

저들이 가능하면 자기네 조직원들을 부르지 못하게 해야 자신들이 움직일 수 있는 시간이 확보되니까.

"천천히 접근해 보죠."

노형진은 고의적으로 이쪽을 드러냈다.

환하게 불을 켜고 우호적인 분위기를 표한 것이다.

그건 상대방의 행동을 살피기 위해서였다.

노예를 쓰는 좀비 어선과 일반 배의 차이는 확실하게 드러날 수밖에 없으니까.

'역시 이상해.'

상대방은 이쪽에서 다가가자 똑같이 불을 켜고 이쪽을 확인하려고 했다.

그런데 상당수의 선원들이 다급하게 선창 아래에 있는 방으로 내려가는 게 보였다.

그걸 본 노형진은 좀비 어선이라는 걸 확신했다.

일반 선박이라면 나와서 경계를 하든가 반가워하지, 선원들을 아래로 끌어내려서 숨기려고 하지는 않기 때문이다.

"어디 소속인가?"

이쪽을 바라보는 남자를 보면서 노형진은 그러한 의심을

굳혔다.

'복장이 완전히 달라.'

단순히 복장이 다르다는 정도의 문제가 아니다.

아래로 내려간 선원들의 옷은 입었다기보다는 걸치고 있다는 느낌이 강할 정도로 걸레짝이었는데, 지금 배 위에 남아 있는 인원들은 상대적이기는 하지만 옷이 깨끗했다.

'감시하는 놈들이 있겠지.'

아무리 멍텅구리 배라고 해도 누군가는 감시를 해야 한다.

그런 놈들은 절대 일하지 않는다.

노예로 부리는 대상에게 약한 모습을 보일 생각도 없거니와, 일하느라 기운이 빠지면 역으로 당할 수도 있기 때문이다.

실제로도 지금 이쪽을 경계하고 있는 네 사람은 모두 분위기가 심상치 않았다.

"어떻게 생각하세요?"

숨어서 바라보고 있던 덕만수에게 노형진은 조용히 물었다.

"확실한 것 같네요."

"그러면 바로 움직이지요."

확인이 되었다면 주저할 필요는 없기에 노형진은 고개를 끄덕거렸다.

"너희들은 누구야? 어디서 온 거야?"

상대방은 중국어로 거칠게 따져 물었다.

아무래도 부담이 될 테니까.

그리고 만일의 사태에 대비하기 위해 모두 갑판에 올라와 있었고, 일부는 힐끔거리면서 한쪽을 바라보기도 했다.

'아무래도 무기가 실려 있겠지.'

도끼나 긴 칼이 있다면 당연히 그들이 가지고 있을 것이다.

"시작할까요?"

"네, 시작하세요."

노형진의 말에 지휘관이 고개를 끄덕거리고, 그와 동시에 주변에 '퐁퐁' 하는 작은 소리가 퍼졌다.

"뭐야?"

그리고 그 소리가 끝나기 무섭게 좀비선 위에서 강한 섬광이 터져 나왔다.

펑!

"끄아아악!"

섬광탄이라는 건 본 적도, 생각도 해 본 적 없는 중국 조직원들이다.

당연히 날아온 섬광탄에 정신 못 차리고 허둥거리기 시작했다.

어차피 주변에서 신고하거나 달려올 배는 없었으니까.

"배를 털어라!"

"팬티 하나 남기지 말고 다 털어라!"

허둥거리는 중국의 조직원들에게는 미안하지만 전문적으로 훈련받은 민간 군사 기업의 사람들에게 이번 작전은 위험하기는커녕 애들 장난이었다.

아나나 다를까, 그들은 키득거리면서 진짜 해적인 것처럼 소리를 질러 댔다.

"우오!"

"배를 불태워라!"

갈고리를 던져서 배를 붙이고 건너편 배로 다가가는 민간 군사 기업의 용병들.

그 광경을 본 노형진은 혀를 끌끌 찼다.

"괜히 해적이라고 했나?"

노형진의 뒤늦은 후회와는 상관없이 상대방의 배는 개판이 되어 가고 있었다.

"이런 종간나!"

정신 못 차리는 조직원들 몇몇이 뒤에 숨기고 있던 칼이나 도끼 등을 들고 마구 휘두르기 시작했지만 용병들은 애초에 접근할 생각이 없었다.

"이러다가 우리가 아니라 자기들끼리 칼에 맞아 죽겠네요. 제압하세요."

퍼펑펑!

북한 쪽 인신매매 단체를 정리하면서 구해 둔 고무탄은 여기서도 확실하게 효과를 발휘했다.

고작 네 명이서 저항한다는 건 불가능했다.

당연히 그걸 맞은 놈들은 바닥을 나뒹굴었고, 그들을 묶는 사이에 몇몇이 선창으로 가서 소리를 질렀다.

"구하러 왔습니다! 나오세요! 집으로 보내 드리겠습니다!"

"……."

그러나 겁을 먹은 건지 나오지 않는 사람들.

"어쩌지? 기다려야 하나?"

중국어로 떠들었던 용병 한 명이 다른 동료에게 물었다.

어찌 되었건 제압한 이상 가능하면 빨리 여기를 탈출하고
싶었으니까.

그런데 대꾸는 안쪽에서 흘러나왔다.

"영어? 영어 할 줄 아세요? 진짜입니까?"

중국어가 아니라 영어였다.

동료는 앞으로 나서서 입을 열었다.

"전 델타포스 소위 에릭 베닝입니다. 구해 드리러 왔습니
다. 나오세요."

"델타포스라고요? 그러면 미군이 왔단 말입니까?"

"미군은 아닙니다. 하지만 구조하러 온 구조 팀은 맞습니다."

그 말이 끝나기가 무섭게 안에서 몇몇 사람들이 서둘러 튀
어나왔다.

그리고 그들을 본 다른 동양계 사람들이 쭈뼛거리면서 뒤
따라 나오는 게 보였다.

에릭은 먼저 나온 사람들을 보고 눈을 찌푸렸다.

아까는 멀리 있었고 워낙 지저분해서 몰랐는데 그들은 아

무리 봐도 동양계는 아니었다.

"누구십니까?"

"제임스 하덤입니다. 이쪽은 영국인인 맥켈란이고, 여기는 프랑스인 노아입니다."

"네?"

뜬금없이 서양인들이 나오자 용병들은 당황했다.

자신들이 듣기로는 한국인을 구하기 위해 온 거라고 했다.

그런데 왜 미국인에 영국인에 프랑스인까지 나온단 말인가?

"이 사람들은 그럼……?"

"저쪽 사람들은 중국인들입니다. 말이 안 통해서……."

서로 뭉쳐 있는 중국인들에게 중국어를 할 줄 아는 동료가 다가가서 이야기를 시작했고, 눈치 빠른 다른 동료는 다른 선창에 있던 식수통을 털어서 그들에게 가져다줬다.

다른 것도 아니고 고작 물이었지만 그걸 붙잡고 다들 눈물을 흘리기 시작했다.

"도대체 어떻게 된 겁니까?"

"여행을 왔다가 납치되었습니다."

"납치요?"

"네, 갑자기 납치되어서 저항도 못 했습니다. 가족들이 내가 여기에 있는 걸 압니까? 진짜로 미국에서 보낸 게 아닙니까?"

"아닙니다. 다른 분과 관련해서 온 건데……."

그렇게 말하며 슬쩍 노형진을 바라보는 에릭 베닝.

자신들의 임무가 아닌데 이들을 구해서 데리고 가는 건 전적으로 의뢰인인 노형진의 선택에 달려 있었으니까.

　다행히도 노형진은 그들을 그대로 둘 생각이 없었다.

　도리어 미리 준비한 액상 영양제를 가져다주면서 차분하게 말했다.

　"저들이 원한 건 노동력입니다. 그리고 현실적으로 본다면 서양계 인종이 힘이 좋지요."

　"으음……."

　한국계도 잘 먹고 잘 커서 힘이 좋은 편이다.

　그에 반해 중국인은 아무래도 가난해서 잘 못 먹다 보니 체력이 달리는 경우가 분명 존재한다.

　"딱 봐도 차이가 나지 않습니까?"

　죄다 빼빼 마르기는 했지만 확실히 서양인들이 훨씬 컸다.

　"그러니 인종을 가리지 않고, 써먹을 만하면 납치하겠지요."

　더군다나 동양계와 다르게 서양에서는 여행이라고 하면 개인 여행이 주를 이룬다.

　아무리 미국이라고 해도 현지에서 실종되는 사람들에 대해 섣불리 개입할 수는 없는 노릇이고 말이다.

　"그러면 이들은 구하시는 겁니까?"

　에릭 베닝의 말에 노형진은 고개를 끄덕거렸다.

　"구해서 바로 돌아갑시다. 하지만 당분간은 다른 곳에서 생활해야 합니다만, 괜찮으시겠습니까?"

노형진은 상대방이 알아들을 수 있도록 영어로 이야기했다.

"다른 곳요?"

사람들은 혹시나 자신들을 다른 곳에 팔아 버릴까 봐 겁에 질린 눈으로 되물었다.

노형진은 그들을 안심시키기 위해 차분히 입을 열었다.

"위해를 가하려고 하는 게 아닙니다. 여기서 여러분들을 상륙시키면 분명 언론에 이슈가 됩니다. 그런 경우에 다른 곳에 잡혀 있는 사람들이 죽을 수도 있습니다. 그러니 구출 작전이 끝날 때까지는 드러나지 않은 곳에서 숨어 지내셔야 합니다."

"숨어서라고 하면……."

"미리 준비해 둔 무인도가 있습니다. 텐트와 여러 가지 생활 기반 시설은 준비해 놨습니다. 먹을 것도 있고요."

너무 비현실적이라서 그런 걸까? 사람들은 말을 믿지 못하고 눈치만 살폈다.

그러나 그다음 말에 그들은 결국 무너지고 말았다.

"그리고 사건이 해결되면 가족분들께 모셔다드리겠습니다."

"가족들에게?"

"네."

"가겠습니다……. 제발…… 제발 부탁입니다. 가족들에게 데려다만 주십시오, 제발."

"흑흑…… 감사합니다. 감사합니다……."

노형진은 우는 사람들을 진정시킨 후에 모두 이쪽 배로 태웠다.

　　"감사합니다, 미스터 노."

　　지휘관은 그런 노형진을 보면서 악수를 청했다.

　　"같은 미국인을 구한다는 건 저희한테는 상당히 중요한 일이었습니다."

　　"그건 저도 마찬가지입니다. 그걸 알기에 우리가 여기에 온 겁니다."

　　"그래서 우리가 여기에 온 거라⋯⋯. 맞는 말이군요. 그렇지요."

　　좀 더 적극적으로 일하겠다는 눈치를 보이는 리더의 모습에 노형진은 씩 웃었다.

　　"일단은 속임수를 좀 부려 봅시다."

　　"속임수?"

　　"우리가 구했다는 걸 저쪽에서 가능하면 몰라야 하니까요. 일단 저 배를 침몰시키지요. 내부에서 잘 떠오를 만한 물건들을 찾아보세요. 그걸 갑판에 대충 던져두시면 됩니다."

　　"네? 아, 네. 알겠습니다."

　　일부는 선창 아래로 내려가서 폭탄을 설치하고, 다른 일부는 물건을 대충 갑판에 쌓아 올렸다.

　　그리고 모두 다 이쪽으로 넘어왔을 때 폭파 버튼을 눌러서 배에 구멍을 냈다.

배는 천천히 가라앉기 시작했다.

"설마 배를 건져서 침몰 원인을 알아내려고 하지는 않겠지요."

그런다면 이 사건의 주체는 폭력 조직이 아니라 국가가 될 것이다.

"아마 부유물들을 보고는 배가 침몰했다고 생각할 겁니다."

그걸 위해 가능하면 부유물들이 보이도록 위에다가 두게 한 것이다.

"그리고 이건 선물입니다."

노형진은 안쪽으로 들어가더니 말통 하나를 꺼내 왔다.

그리고 뚜껑을 열고 내용물을 바다에 콸콸 쏟아부었다.

"윽! 이건?"

"선지입니다."

"선지?"

"아, 뭉친 피라고 표현하는 게 맞겠군요. 미리 챙겨 왔습니다."

"아니, 왜요?"

"배가 침몰해도 한두 명쯤 살아 있을 수 있지 않습니까?"

체력이 떨어진 노예들은 둘째 치고, 멀쩡한 감시인들은 부유물을 붙잡고 한두 명쯤 살아 있을 수도 있다.

그런데 아무도 없으면 이상하게 생각할 것이다.

"하지만 피 냄새가 나면 이야기가 달라지지요."

"피 냄새요?"

"상어들은 수 킬로미터 밖에서도 한 방울의 피 냄새를 따라올 수 있다고 하더군요."

"아하!"

다른 것도 아닌 선지를 이렇게 가지고 왔으니 사방에서 상어 떼가 몰려올 것이다.

그러니 누군가 왔다면 그것만 보고도 대충 상황을 상상하기 어렵지 않을 거다.

"그래서 제가 액체 상태의 피가 아니라 고체인 선지를 가지고 온 겁니다."

액체인 피는 순식간에 희석되어서 사방으로 흩어지겠지만 고체인 선지는 덩어리진 채로 계속 피 냄새를 퍼트릴 테니까.

운이 좋다면 조직에서 왔을 때도 상어가 좀 남아 있으리라.

"일단 바로 이동하죠. 안 그래도 시간이 없는데."

밤새도록 바다를 뒤졌기에 이제는 돌아가서 숨어야 하는 시간이었다.

더군다나 구조된 사람들은 당장이라도 쓰러질 것 같은 눈치였다.

"내일부터는 그렇게 뒤지지 않아도 될 것 같습니다."

"네?"

"운이 좋았습니다. 위치가 표시된 지도가 있네요."

"지도가요?"

의외였다. 그런 걸 두고 다닐 거라고는 생각하지 못했으니까.

"이야기를 들어 보니 식수와 식량을 공급하러 왔던 배가 실수로 놓고 갔다고 하더군요."

물론 그 정보는 적절한 주먹질로 얻어 낸 것으로, 조직원으로 보이는 남자의 얼굴은 시퍼렇게 멍들어 있었다.

"하긴, 한두 척이 아닐 테니까요."

"황곰에서 운영하는 좀비선의 숫자가 열다섯 척이랍니다."

"열다섯 척요?"

노형진은 힐끔 침몰하는 배를 바라보았다.

그 배를 관리하던 조직원은 네 명. 그리고 노예로 잡혀 있던 사람들은 열두 명이었다.

조직원을 뺀다고 해도 한 척당 열두 명이라면 결코 적은 숫자가 아니다.

"일단은 섬으로 돌아가지요."

구한 사람들에게 휴식을 주고 또 다른 이들도 구하기 위해 노형진은 일단 뱃머리를 돌렸다.

⚖

"배가 침몰했다고?"

"그렇습니다. 3번 함이 침몰했습니다."

"생존자는?"

"없습니다. 갔더니 상어가 득시글거리더군요."

"상어라……. 그러면 다 죽었겠군."

배가 침몰했다는 보고에도 황곰의 보스는 그다지 신경 쓰지 않았다.

그런 썩어 가는 배 한 척 새로 구하는 건 어려운 일이 아니었기 때문이다.

노예야 길바닥에서 적당히 끌고 오면 그만이고.

비록 부하 네 명이 죽었다지만 그것도 그다지 신경 쓰이지는 않는 게, 어차피 그렇게 열악한 곳에서 일하는 놈들은 조직 내에서도 힘도 없고 백도 없는 시다바리 같은 놈들이니까.

그런 놈들을 구하는 것도 어려운 일은 아니었다.

"다른 특이 사항은?"

"없습니다. 부유물도 확인했고요."

"그래? 그럼 보충할 만한 선박 하나 알아봐."

"알겠습니다, 따꺼."

"그리고 당에 상납할 것도 따로 만들어 놔. 요즘 쓸 만한 노예로 부릴 만한 놈 없어?"

"얼마 전에 독일에서 두 명이 입국했다고 합니다. 둘 다 상당한 덩치를 가지고 있더군요."

노형진은 그들이 랜덤하게 희생자를 선택한다고 생각했지만 현실은 좀 달랐다.

황곰이 이 지역의 호텔을 꽉 잡고 있기 때문에 건장하고 일 잘하게 생긴 사람들이 들어오면 그 정보를 즉시 입수해 주변에서 적당히 기다리다가 그들이 CCTV가 없는 곳으로 가면 납치하는 게 이들의 수법이었다.

"작업 준비해."

"알겠습니다, 따꺼."

"그리고 그놈들은 어떻게 되었나?"

"한국에서 온 변호사랑 탐정 말입니까?"

"그래. 우리 노예 하나를 찾는다고 들쑤시고 다닌다면서?"

"여기저기 뒤지다가 포기하고 돌아갔다고 합니다."

보스는 미소를 지었다.

"우리가 그렇게 쉽게 잡힐 리가 없지."

자신들이 매년 상납하는 돈이 얼마던가?

그리고 이 지역의 공안들과 얼마나 끈끈하게 손잡고 있던가?

그들이 아무리 뛰어나다 해도 황곰을 처리하는 건 불가능했다.

"하지만 그 변호사가 노형진이라는 작자입니다. 능력이 뛰어나더군요. 얼마 전 적사회 쪽 일도 그놈이 처리한 걸로 소문났습니다."

"적사회? 그 북한 접경 지역에 있던?"

"그렇습니다."

"그렇게 세상 물정 모르는 놈들하고 우리가 같나?"

공인받지 않고 총 들고 장난치다가 그 난리가 났으니 죽지 않는 게 이상한 거다.

"하지만 우리는 이미 다 공인받지 않았나? 더군다나 적사회와 다르게 주변에 적대적인 조직도 없고."

적사회의 구역은 그들에게 쫓겨났던 조선족 조폭들이 집어삼켰다.

하지만 이곳은 그게 불가능하다.

삼합회에 그저 적만 두고 있는 적사회와 다르게, 자신들은 확실한 삼합회 핵심 멤버들이고 주변의 다른 조직들도 다 삼합회의 멤버들이다.

즉, 그 노형진이라는 놈이 선동을 통해 자신들과 다른 조직의 싸움을 유도한다고 해도 거기에 걸릴 가능성은 없다고 봐도 무방했다.

"그러니 걱정하지 마. 적사회 놈들은 멍청해서 당한 거야."

그들은 자신들이 무조건 이길 거라 생각했다.

하지만 노형진은 언제나처럼 그들의 머리 꼭대기 위에 있었다.

⚖️

"다큐요?"

"네. 다큐 한번 찍어 보실래요?"

서진규는 오랜만에 연락이 온 노형진의 말에 되물을 수밖에 없었다.

"무슨……."

"물론 기밀로 하고 찍어야 합니다만. 전에 그 마루타 관련 다큐가 대박 나지 않았습니까? 그거 이상의 충격을 줄 것은 제가 장담합니다."

"흐음……."

서진규는 다큐멘터리 전문 감독이다.

특히 사회 고발 다큐멘터리 감독으로 입지가 확실한 사람이었다.

"확실히, 노형진 변호사님이 그걸 찍어 달라고 한 덕분에 지금의 제가 있는 셈이지요."

〈21세기 마루타〉라는 제목으로 대한민국에서 벌어지는 추잡한 실험에 대해 파고들었던 그의 다큐는 사회에 큰 반향을 일으켰다.

"그때는 한국이 뒤집어졌지요. 이번에는 세계가 뒤집어질 일입니다."

"세계요?"

세계라는 말에 침을 꿀꺽 삼키는 서진규.

"도대체 주제가 뭔데요?"

"노예입니다."

"노예라고 하면 여전히 많이 있지 않습니까? 사실 이런 말 하면 사회 고발 작품을 만드는 놈치고는 이상하기는 한데, 전 세계적으로 대부분의 나라에서는 아직 알음알음으로 노예제도를 운영하고 있습니다."

심지어 한국도 불법적으로 노예를 공급하는 업자들이 있는 상황이다.

"알고 있습니다. 하지만 중국에서 전 세계 사람들을 납치해서 노예로 쓴다고 하면 이야기가 달라지지 않겠습니까?"

"방금 중국이라고 하셨습니까?"

"네."

"그거 심각하군요."

다른 곳도 마찬가지이지만 급성장한 곳은 당연히 견제받기 마련이다.

중국의 경우는 그 내부의 문제나 그들의 불투명성은 둘째 치고, 급성장하면서 전 세계를 대상으로 자꾸 무역 분쟁을 일으키는 나라라 다른 나라들에서 좋게 생각하지 않고 있다.

그런데 그곳에서 노예를, 그것도 다른 나라 사람들을 납치해서 쓴다?

'확실히 세계시장에 먹힌다.'

대한민국뿐만 아니라 전 세계에서 이 문제를 심각하게 받아들일 것은 당연한 일.

"하지만 그게 가능합니까?"

"가능합니다. 이미 탈출하신 분이 있습니다."

"네? 그게 무슨……?"

갑작스러운 상황에 서진규는 눈을 데굴데굴 굴렸다.

"진짜인가요? 탈출한 사람이 있어요?"

"네, 그렇습니다. 그들의 현재 모습과 바뀌어 가는 모습을 찍어 주셨으면 합니다."

"이해가 가지 않는군요. 그런 상황이라면 다큐를 찍을 게 아니라 언론에 바로 공개해야 하는 거 아닙니까?"

"그러면 아직 잡혀 있는 다른 노예들이 다 죽을지도 모릅니다."

"아……."

노형진의 말뜻을 서진규는 바로 알아들었다.

최소한 구출 작전이 종료될 때까지는 그들을 공개해서는 안 된다.

그런데 그렇다고 그들을 계속 굶기면서 둘 수는 없다.

치료하고 보호해야 하는데, 그들이 멀쩡해지면 중국에서 거짓말할 수도 있다.

우리는 그런 적이 없다. 봐라, 노예라고 하는 놈들이 너무 멀쩡하지 않으냐?

"그런데 다큐 감독님이 처음부터 찍었다면 저쪽은 부정도 못 합니다."

이쪽에서 찍어서 공개한다면 조작이라고 할 수 있지만 서진규는 저명한 다큐 감독이다.

그러니 그가 끼어들면 공신력이 확보되는 셈.

"그건 알겠습니다만, 동의해 주실까요? 솔직히 자신들이 노예 생활한 건데 그걸 굳이 남기려고 하실지…….”

“이미 여쭤봤습니다. 몇몇 분들이 동의하셨습니다. 이대로 돌아가기는 너무 억울하다고 하시더군요. 그리고 다른 누군가가 자신들처럼 멋모르고 중국에 왔다가 납치되어 노예가 될지도 모를 상황을 막겠다는 분들도 계시고요. 가시면 바로 인터뷰를 시작할 수 있을 겁니다.”

“좋습니다. 지금 준비 중인 게 있기는 하지만 바로 진행하지요.”

서진규는 고개를 끄덕거렸다.

“카메라를 챙겨서 오겠습니다.”

“여행 가방도 챙겨 오세요. 오래 계셔야 할 겁니다.”

⚖️

“이분들이 구조된 사람들이라고요?”

“네.”

서진규는 혀를 끌끌 찼다.

노형진은 한국의 많은 무인도 중 한 곳을 기지로 삼았는데, 그곳에 있던 사람들을 보니 절로 탄식이 나올 수밖에 없었다.

구한 지 며칠이 된 걸로 알고 있다.

그 사이에 씻고 먹고 했을 텐데도 불구하고 그들은 완전히 가죽만 남은 상황이었다.

지금도 이 지경이면 도대체 그 현장은 어떤 상황이었을지, 말이 안 나왔다.

"무슨 홀로코스트도 아니고……."

"중국이 다른 나라에 하고 있는 걸 보면 더하면 더했지 덜 하지는 않을 겁니다."

노형진의 말에 서진규는 고개를 끄덕거렸다.

티베트 같은 나라에서는 공안이 해당 국가 여성을 집단 윤간한다는 이야기가 계속 나오는 판국이니, 그 짓거리를 생각해 보면 이해가 가기도 한다.

"그러면 바로 인터뷰를 하지요. 그런데 부탁이 있습니다."

"부탁?"

"아무래도 충격적인 효과를 주기 위해서는……."

그렇게 뭔가를 속닥거리는 서진규. 그리고 노형진은 고개를 끄덕거렸다.

"어렵지 않은 부탁이네요."

"비용이 만만치 않을 텐데요?"

"이 주제로 그 정도도 못 벌 거라고 생각하지는 않으시죠?"

"하긴. 이건 진짜 충격적이네요."

서진규는 고개를 끄덕였다.

"그러면 구출 작전도 바로 시작할 수 있는 겁니까?"

"오늘 나갈 겁니다. 같이 나가시겠습니까?"

"당연하지요. 다큐인데요."

서진규는 흔쾌히 동의했다.

두 번째 밤.

예상대로 황곰은 별다른 반응을 보이지 않았다.

그래서 노형진 측이 바로 움직이는 것은 어렵지 않았다.

"저기인가요?"

"지도상으로는 그러네요."

정확한 위치에 정박되어 있는 선박.

그들은 아무 이야기도 듣지 못한 듯, 이쪽에서 접근하는데도 완전히 방심하고 있었다.

"그런데 오늘은 구출이 아니라 다른 걸 하실 생각입니까?"

서진규는 큰 배 옆에 있는 작은 배를 보면서 물었다.

구출 작전을 하러 왔다고 들었는데 뜬금없이 작은 배 하나를 구해 온 것.

"증거를 찾아야 하니까요."

"증거요?"

"네. 아무리 서진규 씨가 인정받는 감독이라고 해도 중국에서 순순히 인정하겠습니까? 더군다나 황곰은 중국 공산당과도 연결된 조직입니다."

이것이 법이다

"그럴 리가 없겠군요."

"그러니 빠져나가지 못하게 확실하게 증거를 확보해야지요."

노형진의 말에 서진규는 고개를 끄덕거렸다.

"일단 중국 선박이라고 하면 저놈들도 섣불리 건드리지는 못할 겁니다. 같은 나라 소속이니까요. 그러니 속여서 증거를 모아 볼 생각입니다."

"그러면 제가 카메라를 설치해 볼까요?"

"몇 개 설치하기는 했습니다만, 더 설치해 주시면 감사하지요. 각 나오겠습니까?"

"그거야 어렵지 않지요."

서진규는 그 작은 배로 넘어가서 카메라를 달았고, 잠시 후 작은 배는 불을 켜고는 좀비선을 향해 천천히 다가갔다.

낯선 배가 다가오자 아니나 다를까, 좀비선에서 전처럼 다급하게 사람들을 배 아래로 밀어 넣는 모습이 보였다.

그러나 노형진에게 고용된 사람들은 모른 척하면서 황곰의 조직원들에게 친근한 척 말을 붙였다.

"반갑소. 여기서 동지를 만나는군. 어디 소속이오?"

실제로 중국어를 쓰면서 이야기했기에 그들은 별 의심을 하지 않았다.

도리어 자신들의 존재를 어필하기도 했다.

"허튼 생각 하지 말고 꺼져. 우리는 황곰 소속이다."

"황곰이 어딘데요?"

"황곰을 모른다고? 너희는 해상민병대에 속한 자들이 아닌가?"

어부라면 무조건 가입해야 하는 해상민병대. 그런데 황곰을 모른다?

조직원들은 의심스러운 표정으로 노형진 측 사람들을 쳐다보았다.

그러자 그중 한 남자가 능청스럽게 둘러댔다.

"도시가 다르면 그럴 수도 있지요."

"아무리 그래도 그렇지, 황곰을 몰라?"

그리고 멀리서 숨겨진 마이크를 통해 그 대화를 듣고 있던 노형진은 연결된 마이크로 조용히 명령을 내렸다.

─같은 편인 척하면서 가능하면 말을 많이 시키세요. 다른 도시에서 왔다고 하면 크게 의심은 안 할 겁니다.

남자는 바로 알아듣고는 함정을 팠다.

"그쪽 지역은 해상민병대를 황곰이 통제하는 모양이군요."

"그래, 너희는 어디이기에 그것도 모르나?"

그때 노형진 측 사람들 중 한 사람이 과장되게 고개를 갸웃거렸다.

"이상한데? 황곰이라는 곳은 모르는데."

이어서 몇몇 사람이 이의를 제기하고 나섰다.

"당신들, 당에서 허가받은 거 맞아? 내가 해상민병대 어지간한 곳은 다 아는데 황곰이라는 곳은 처음 듣는데?"

"당 사칭하는 거 아냐?"

적반하장으로 노형진 측에서 날카롭게 나오자 황곰의 조직원은 당연하다는 듯 대꾸했다.

"미친놈. 당의 명령을 받는 해상민병대에서 당을 사칭하면 죽는 거 모르나?"

"아무래도 멀리서 온 모양인데, 이곳은 우리가 접수했다. 당에서 허락도 받은 거야."

"다른 곳에 가서 물고기 잡아. 여기는 황곰 구역이야."

'나이스!'

노형진은 그들의 말에 주먹을 불끈 쥐었다.

안 그래도 황곰을 당에서 밀어준다는 증거가 없었다.

그런데 저렇게 알아서 나불거리다니.

'아마 분란을 일으키기 싫어서겠지.'

황곰이 서해를 다 지배하는 건 아닐 테니 당연히 다른 지역은 다른 조직이 지배할 테고, 영해를 넘어서 공해로 나오는 놈들은 아무래도 조직에 속한 놈들일 가능성이 크다.

물론 공해에서 물고기를 잡는 게 불법은 아니지만, 그렇다고 해서 이 밤중에 서로 적대하면 좋을 게 없으니까.

"아무래도 확인해 봐야겠어."

"저 새끼들, 아무래도 해상민병대 아닌 것 같은데?"

이쪽에서 도리어 설레발치면서 접근하자 저쪽은 잔뜩 경계하는 눈치가 되어 한데 모이기 시작했다.

"꺼져!"

"그렇게 피를 보고 싶어?"

지난번과 다르게 칼과 도끼, 심지어 창까지 꺼내 드는 인간들.

배에 뜬금없이 웬 창인가 싶지만 중국의 어선들 중 일부는 한국 해경이 배에 올라타는 걸 막기 위해 실제로 창을 가지고 있다.

그들은 그런 걸 대놓고 꺼내면서 싸울 준비를 하고 있었다.

"그런다고 해서 상황이 달라지는 건 아니지."

"뭐?"

저들이 싸우기 위해 갑판으로 모이는 것. 그게 노형진이 노리는 것이었다.

기습하면 조직원들이 선창 아래의 방에 숨어 있을 수도 있으니 그런 경우 노예들이 인질이 될 수도 있기 때문이다.

'하지만 문제를 일으키면 자연히 한데 모이게 되니까 숨어 있는 놈들을 전부 끌어내기가 수월해지지.'

상식적으로 문제가 발생하면 인원수가 많은 쪽이 상대를 빠르게 담가 버리기에 유리하니, 당연히 황곰의 조직원들은 너도나도 갑판 위로 올라와 싸움 준비를 했다.

그리고 그게 그들의 실수였다.

펑!

"끄아아악!"

"앞이 안 보여!"

"내 눈! 내 눈!"

컴컴한 밤의 어둠에 익숙해 있던 그들은 비명을 질렀고, 그사이에 숨어 있던 병력이 우르르 그쪽으로 넘어갔다.

조폭들 사이에서 섬광탄은 생각할 이유가 없었으니까.

"잡아!"

"다 때려잡아!"

"우리는 해적이다!"

"목숨만은 살려 주마, 하하하!"

아직도 역할에 취해 있는 몇몇이 이상한 소리를 하는 바람에 노형진은 괜스레 헛기침을 해야 했다.

"이건 편집해 주시는 걸로."

"아니요, 좋은데요?"

"네?"

"해적이라는 게 남자들한테는 로망 아닙니까? 거기다가 좋은 일 하는 해적이라고 하면 충분히 먹힐 만합니다. 그리고 자칭 해적이라고 하면 그 황곰이라는 곳에서 추적도 못 할 테고요."

"추적당할 가능성은 별로 없다고 생각합니다만."

노형진은 그렇게 생각했지만 그래도 혹시 모르니 신분을 감출 뭔가가 필요하기는 했다.

"일단 두고 보시죠, 위험하게 넘어가지 마시고."

아주 잠깐이지만 싸움이 벌어졌고, 그곳이 정리된 후에 노형진과 서진규는 황곰 측 배로 넘어갔다.

"이 배는 다른 나라에서 빼앗은 것 같습니다."

여기저기에 붙어 있는 단어들이 중국어는 아니었다.

"아마 그런 배들을 좀비선으로 운영하는 모양이군요."

그렇게 이리저리 둘러보는 사이에 안쪽에서는 잔뜩 겁먹은 노예들이 위로 올라왔다.

"혹시 이 안에 한도중 군. 있습니까?"

덕만수는 자신이 의뢰를 받은 게 있기 때문에 바로 한도중을 찾았다.

그러나 그 안에 한도중은 없었다.

그때 누군가 손을 번쩍 들었다.

"한국 사람입니까? 진짜 한국 사람이에요?"

"한국 사람입니다만."

"하느님, 감사합니다."

남자는 번개같이 튀어나왔다.

"나 좀 한국으로 데려가 주시오. 제발…… 제발…… 한국으로 좀 데려가 주시오."

"한국분입니까?"

"그렇소. 한국에서 여행 왔다가 납치되었소. 제발…… 한국으로 좀 데려다주세요."

눈물을 펑펑 흘리면서 매달리는 남자.

서진규는 그 장면을 찍으면서도 한마디도 하지 못했다.

한국 아이를 찾는다는 것도 알고 있었고 한국인이 있을 거라는 이야기도 듣기는 했다.

하지만 직접 두 눈으로 보니 심장이 내려앉는 느낌이었다.

"걱정하지 마세요, 구출 작전이 끝나면 한국으로 모셔다 드릴 테니."

노형진은 서둘러서 그를 일으켰다.

"시간이 얼마 없습니다. 다른 곳도 가야 합니다."

"다른 곳?"

"좀비 어선은 한두 척만 있는 게 아닙니다. 가능하면 빨리 구해야 합니다."

그럴수록 더 많은 희생자를 구할 수 있을 거라는 게 노형진의 생각이었다.

⚖️

하루, 이틀, 사흘…… 그렇게 계속 털어 내자 황곰에서도 결국 이상하다는 생각을 하게 되었다.

물론 바로 알아차린 것은 아니었다.

하지만 식수와 식량을 공급하고 잡은 물고기를 회수하기 위해 갈 때마다 목격한 것은 떠다니는 부유물뿐이었고, 다른 좀비 어선도 그런 상황이라는 소식을 듣자 이상하다는 생각을 하게 된 것이다.

애석하게도 무전기를 쓰기에는 거리가 멀고 위성 전화는 너무 비싸서 못 쓰기에 어쩔 수 없이 인원을 동원해서 각 선박의 위치를 확인했는데, 그 결과는 그들의 상상 이상이었다.

"뭐? 열 척을 잃었어?"

"그렇습니다."

"배가 열다섯 척인데 열 척을 잃어버려?"

"누군가가 우리 배를 습격하고 다니는 게 분명합니다."

"어떤 놈이야? 다른 조직이야?"

"모르겠습니다, 증거도 없고 증인도 없어서."

잡히는 족족 노형진이 그들을 무인도로 데려갔으니 모두 죽었다고 생각할 수밖에 없었다.

"의심 가는 놈 없어?"

"전혀 없습니다. 좀비선 몇 척 건드린다고 해서 우리가 넘어갈 것도 아니고……."

좀비선이 황곰에 중요한 수입원이기는 하지만 그게 없다고 해서 무너질 정도는 아니다.

그런데 굳이 좀비선만 노리다니.

"어떤 놈인지도 모르고?"

"네."

"이런 개 같은!"

보스는 길길이 날뛰었다.

잃어버린 좀비선 따위가 아깝다기보다는, 자신에게 칼을 들이민다는 것이 용서가 되지 않았기 때문이다.

"당장 경비 붙여."

"네? 그게 무슨……?"

"남은 좀비선에 경호선을 붙이라고!"

"하지만 그러면 그 선박들은 일을 못 합니다."

"누가 때려잡으래? 몇 척에만 붙이고 나서 어떤 놈이 그러는지 알아 오란 말이야!"

누군지 모르지만 삼합회 소속 조직이라면 삼합회를 통해 항의해야 하고, 아니라면 자신들이 그들을 밟아 버려야 한다.

이 바닥에서는 한번 무시당하기 시작하면 무너지는 것은 순식간.

"당장 가서 잡아 오란 말이야!"

보스의 눈은 분노로 인해 붉은색으로 물들기 시작했다.

⚖️

"이거, 생각보다 곤란하겠는데?"

그날 밤. 정해진 위치로 갔을 때 노형진은 레이더에 나오는 선박들을 보면서 혀를 끌끌 찼다.

"아무리 봐도 좀비선을 경호하는 것 같지요?"

"경호보다는 감시일 겁니다."

덕만수는 초췌한 표정으로 말했다.

벌써 열 척의 배를 뒤졌는데도 아직 한도중이 나오지 않았기 때문이다.

"우리가 습격하는 걸 이제는 알아차렸을 테니까요."

그러나 그걸 막기에는 한계가 있다.

돈을 아끼려고 운영하는 게 좀비 어선이다.

그런데 그걸 지키기 위해서 선박을 주변에 배치하고 감시해야 하니, 당연히 그 선박들은 일을 못 한다.

그 피해가 계속 누적되면 배보다 배꼽이 더 큰 꼴이 되어 버린다.

"아마도 경호가 목적이 아니라 접근하는 놈들이 누군지 궁금해서일 겁니다."

현장에서 제압할 수 있으면 제압하고, 제압하지 못한다고 해도 한 척이라도 도망쳐서 그 존재가 누군지 알린다면 황곰에서는 충분히 그들을 제압할 수 있다고 생각할 테니까.

"어선을 이렇게 마음대로 징발할 수 있는 겁니까?"

서진규는 이해가 안 간다는 표정이었다.

"해상민병대는 준군사 조직입니다. 즉, 내부는 군사 조직처럼 위계에 따라 운영된다는 거죠. 그러니 거부는 못 할 겁니다. 더군다나 그걸 지배하는 사람이 다른 사람도 아닌 황곰이라면요."

법적으로도 부담스러운데 황곰이라면 자신의 말을 듣지

않는 선원이나 선주를 납치해서 바다에 던져 버리는 건 일도 아닐 것이다.

"그러니 따를 수밖에 없지요."

"그러면 저들은 못 구하는 거 아닙니까?"

세 척의 배가 있다.

이쪽에서 접근하면 당연히 도망가서 보고할 것이다.

"못 구하지는 않지요."

저들이 전투를 하는 전투 요원도 아니고, 문제가 생기면 도망갈 게 뻔하다.

"다만 세 방향으로 도망갈 테니 우리가 따라가서 잡는 건 불가능할 겁니다."

그리고 잡아도 문제인 게, 잡는다고 해서 그들을 침몰시키거나 끌고 갈 수는 없다.

좀비 어선이야 명백하게 피해자가 있고 등록된 배도 아닌데다가 거기에 있던 선원들은 범죄자인 만큼 데리고 있어도 어떻게 무마할 수 있지만 저들은 아니다.

저들은 선원이고, 저들이 탄 배는 중국에 등록된 선박이다.

그러니 침몰시키거나 선원을 인질로 잡는 건 곤란하다.

"그러면 우리가 곤란해지는 거 아닙니까?"

덕만수는 떨떠름하게 말했다.

그러나 노형진은 피식하고 웃었다.

"저는 완전 반갑습니다만."

"네?"

"이걸 기다리고 있었으니까요."

"그게 무슨 말씀이신지?"

"제가 왜 굳이 이 배를 중국에서 구입했을까요?"

노형진은 배를 탕탕 발로 굴렀다.

너무 오래되어서 당장 침몰해도 이상하지 않은 배. 그리고 추적도 불가능한 배.

지난번에 좀비선의 사람들을 속일 때 쓴 배였다.

"저들이 보는 건 우리가 아닙니다, 우리 배지."

"배?"

"이 선박에는 중국 배 이름이 붙어 있습니다."

아무리 훔친 배라고 해도 중국에서 쓸 건데 베트남어 선박 명을 그대로 둘 수는 없다.

그래서 중국에서 붙인 선박명이 상천. 배의 선두에 떡하니 붙어 있다.

"그러면 그들이 보는 건?"

"아하!"

덕만수는 눈을 크게 떴다.

그들은 분명 상천이라는 선박명을 기억하고 도망칠 것이다.

그리고 가서 상천이라는 이름을 죽어라 파기 시작할 것이다.

"한국에 영광이라는 선박명이 몇 개나 있는지 아십니까?"

영광 1호, 영광 2호, 영광 3호 등 비슷한 이름은 엄청나게 많다.

그나마도 같은 항구에 적을 둔 경우에는 그런 식으로 몇 호라고 분류해 두지만 그렇지 않으면 그냥 영광호다.

한국에 영광호가 족히 백 척은 넘으리라.

"이미 확인해 봤습니다. 상천도 그런 이름입니다."

그리고 그들은 등록된 상천을 찾으려고 할 것이다.

하지만 이건 등록된 배가 아니다.

"우리를 봤다고 생각하겠지만 전혀 엉뚱한 곳으로 가는 거 군요."

"맞습니다."

노형진은 그렇게 말하면서 용병들에게 큰 소리로 말했다.

"오늘부터는 장갑을 끼시고 검은 마스크를 쓰셔야 합니다. 말할 수 있는 분들은 중국어 가능자뿐입니다."

"알겠습니다."

리더의 말에 저마다 복장을 확인하기 시작하는 사람들.

그렇게 꽁꽁 감추고 나니 그들이 미국의 민간 군사 기업 사람들인지 아니면 중국인지 알 수가 없었다.

"무기도 전향적인 중국인 무기만 써야 합니다. 설마 위험한 건 아니겠지요?"

전형적인 중국인 무기, 즉 칼이나 도끼 같은 것 말이다.

몇 번이나 배들을 습격했지만 그들은 대부분 그런 무기로 저항했었다.

"그런 놈들한테 그렇게 쉽게 당하면 우리가 바보지요. 더군다나 창도 있는데."

중국인 선원들이 한국에서 접근하는 해경을 막을 때 쓰던 기다란 창, 그것이 의외로 이번 일에 요긴하게 쓰일 수 있을 듯했다.

"저쪽은 보통 네 명에서 다섯 명 정도이니까요."

하지만 이쪽은 무려 스무 명. 수적으로도 게임이 안 된다.

"불 켜세요. 이쪽의 존재를 드러냅시다."

노형진의 말에 배가 불을 켜고 전속력으로 달려들기 시작했다.

그런데 그것만 한 게 아니었다.

"총 가진 거 있지요? 대충 몇 발 쏴 주세요."

"네? 하지만 그러면 저쪽에서 들을 텐데요?"

"그게 목적입니다. 조준 사격은 하지 마시고, 그냥 이쪽에 총이 있다 정도로만 경고사격 하시면 됩니다."

그쪽으로 총을 쏘는 민간 군사 기업의 직원들.

그렇지 않아도 레이더로 이쪽의 존재를 알고 경계하고 있던 놈들은, 갑자기 총소리가 들리자 너도나도 배를 돌려서 도망가기 시작했다.

"의외네요. 제압할 생각 안 하나?"

저쪽은 세 척, 이쪽은 한 척인데 말이다.

"이쪽을 무슨 조직원쯤으로 알고 있으니까요. 거기다 총

소리까지 듣고서 제압할 엄두가 나겠습니까?"

그에 반해 저쪽은 거칠긴 하지만 일반 선원일 뿐이다.

제압할 수 있을지도 모르지만 그 과정에서 자신들이 죽을 수도 있는 것이고, 이쪽을 제압해서 가져다 바쳤는데 진짜로 총까지 가진 폭력 조직이라면 자신과 자신의 가족들 목까지 따 갈 게 뻔하니 그들은 싸움보다는 도주를 선택한 것이다.

그들의 임무는 보호가 아니라 보고니까.

"빠르기도 하여라."

세 방향으로 갈라져 무서운 속도로 도망가는 놈들.

노형진은 그들을 추적하는 대신에 그냥 멍하니 서 있는 멍텅구리 좀비 어선으로 접근했다.

"덤벼, 이 새끼들아!"

이렇게 될 거라 생각했던 것일까? 좀비 어선에 있던 조직원들은 악을 쓰면서 달려들었다.

하지만 이내 바닥을 나뒹굴었다.

애초에 어설픈 조폭 따위가 특수 훈련을 받은 전투 병력을 이긴다는 건 불가능했다.

"묶어서 끌고 가세요."

그리고 언제나처럼 안에서 나오는 노예들.

"도중아! 한도중? 있니?"

어차피 보고할 놈은 도망갔으니 이제는 한국어를 써도 되기에 덕만수는 사람들 사이에서 한도중을 찾았다.

그러자 누군가 조심스럽게 일어났다.

"저…… 전데요. 제가 한도중이에요."

"한도중? 진짜 한도중 맞아? 광진구에 사는?"

"네, 광진구 상민2동……."

"찾았구나."

"혹시 저를 구하시러……?"

"그래, 너를 구하러 왔다."

"아아…… 어어어어형."

한도중은 그대로 무너져서 질질 짜기 시작했다.

갑자기 끌려온 후에 이곳에서 무려 1년을 살았다.

죽고 싶다는 마음이 매일같이 피어났고 몇 번이나 자살하고 싶었다.

실제로 몇몇 사람들은 구타를 못 이겨서 죽기도 하고 스스로 바다에 뛰어들어서 자살을 선택하기도 했다.

그러나 한도중은 살 수 있을 거라 생각하며, 언젠가는 집으로 돌아갈 수 있을 거라 생각하며 버텼다. 그리고 이제 돌아갈 수 있게 되었다.

"도중아, 집에 가자."

"집에 데려다주세요. 제발 집으로 보내 주세요, 엉엉엉."

그러자 말은 통하지 않지만 그러한 행동만으로도 무슨 상황인지 알아차린 다른 노예 선원들이 눈물을 흘리기 시작했다.

자신들도 집에 돌아갈 수 있을 거라 생각했기 때문이다.

'이것 봐라.'

그런데 그 와중에 노형진은 그 안에서 슬며시 나오는 한 남자를 발견했다.

허름한 옷을 입은 것은 다른 사람과 비슷하지만 몸 상태는 상당히 달랐다.

빼빼 마르고 땟국물이 줄줄 흘러서 당장 죽어도 이상하지 않을 다른 사람과 다르게 옷은 허름하지만 몸 상태도 좋았고 딱히 더럽다는 느낌도 강하지 않았다.

"저 사람은 누굽니까?"

노형진은 의심스러운 생각에 울고 있는 다른 사람에게 다가가서 물었다.

"어제 잡혀 온 사람입니다."

"어제라……."

어제 잡혀 왔다면 몸 상태 같은 건 이해가 간다.

'하지만 그런 것치고는 어디 아픈 것 같지도 않은데?'

세상에 자기를 노예로 쓰겠다는데 얌전하게 잡혀가는 사람 따위는 없다.

당연히 어떻게 해서든 탈출하기 위해 몸부림치기 마련이다.

그런데 멍 하나 없고 하다못해 몸에 부은 곳도 없다?

'이거 너무 뻔한데.'

아마도 노예들을 따로 데려갈지도 모른다는 생각에 그를 일종의 스파이처럼 넣어 놨으리라.

'그래도 혹시 모르니.'

노형진은 그에게 다가가서 어깨를 두들기며 말했다.

"걱정하지 마세요. 곧 집으로 돌아가실 수 있을 겁니다. 운이 좋으셨네요, 납치되자마자 구해지시다니."

"아닙니다. 덕분에 살았습니다. 감사합니다."

노형진이 능숙하게 중국어로 말하자 침착하게 대답하는 남자.

하지만 이미 그의 생각은 노형진에게로 흘러오고 있었다.

'역시 그렇군.'

자신들이 누군지 확인하기 위해 심어 둔 스파이였다.

"그러니까 걱정하지 말고 저쪽에 가서 서세요."

"네?"

노형진이 가리킨 방향은 노예들이 아니라 그들을 관리하는 자들이 있는 곳이었다.

"그래도 하루밖에 없었으니 뭐, 운 좋으면 사형은 면하겠네."

물론 인신매매에 가담한 것은 사실이기에 사형을 면하기는 쉽지 않을 테지만 말이다.

"그게 무슨 말씀이십니까? 저는 잡혀 온 건데요."

"그럴 리가요. 황곰에서 보낸 거 알고 있습니다."

노형진의 말에 주변에는 경악이 스치고 지나갔다.

자신들처럼 잡혀 왔다고 생각해서 걱정해 줬는데 황곰에서 보낸 놈이라니.

이것이 법이다

"아닙니다. 잡혀 왔습니다. 진짜예요."

"그래요? 어디서요?"

"그게……."

"언제 어디서 뭐 하다 잡혀 왔습니까?"

갑작스러운 질문에 대답하지 못하고 우물쭈물하는 그를 보면서 노형진은 혀를 끌끌 찼다.

'거짓말도 똑똑해야 하는 법이지.'

사람들은 거짓말이라는 말을 들으면 일단 나쁜 짓이라고 만 생각한다.

물론 기본적으로 거짓말이라는 행동 자체가 나쁜 행동이 긴 하다.

그러나 그것과 별개로 다른 사람들에게 걸리지 않을 정도 의 거짓말을, 그것도 순간적으로 한다는 것은 똑똑하지 않으 면 불가능하다.

"내가 그렇게 쉽게 당할 줄 알았어, 리샹?"

이름까지 말하자 남자의 얼굴은 사정없이 찡그러졌다.

"이런 씨발!"

"끌고 가세요. 시간 없으니까."

"시간이 없다고요?"

"오늘 안에 가능하면 나머지도 돕시다. 구할 사람은 다 구 했으니까."

노형진은 사람들을 서두르게 하면서 말했다.

"딱 한 척만 두면 됩니다. 딱 한 척만."

그리고 그게 이번 사건의 마지막 해결 카드가 될 거라는 걸 노형진은 알고 있었다.

마지막 한 척. 그게 어디에 있는지는 알고 있었다.

하지만 노형진은 굳이 거기까지 가지 않았다.

해가 떠서 그런 것도 있지만, 다른 목적이 있기 때문이다.

"그렇게 잡고 있지 않아도 안 부서집니다."

"하지만……."

서진규는 흔들리는 배 안에서 떨떠름한 표정으로 카메라와 렌즈를 바라보았다.

카메라야 자신이 쓰던 거지만 렌즈는 아니었다.

"너무 비싼 놈이라서 불안하네요, 하하하."

그렇게 말하며 어색하게 웃는 서진규.

렌즈 가격만 무려 1억 2천만 원. 현재 나오는 렌즈 중에서는 최고가였다.

"어쩔 수 없습니다. 접근할 수 없으니까요."

노형진은 저 멀리 바다를 보면서 말했다.

오늘 밤 마지막 구출 작전을 할 예정이다.

그러나 거기에 있는 사람들에게는 미안하지만, 사실상 구출은 불가능하다.

단 하나 남은 좀비선이니 그들이 가만히 당할 리가 없으니까.

분명 어마어마한 숫자의 선박들이 지키고 있을 가능성이 크다.

지킨다기보다는 이쪽을 죽이는 게 목적일 테니 당연히 그 선박의 보호는 안중에도 없을 것이다.

"그러니 그걸 찍기 위해서는 어쩔 수 없이 멀리 있어야 합니다."

"그건 그런데……."

"너무 걱정 마세요. 별일은 없을 테니까."

그렇게 대화하는 사이에 보트는 밤의 바다를 달려서 마지막 장소에 도착했다.

그리고 그곳에서 서진규는 망원렌즈를 통해 상황을 알 수 있었다.

"저거 중국 해경 아닙니까?"

좀비선을 지키고 있는 것. 그건 다름 아닌 중국 해경이었다.

뜬금없이 그들이 나타날 거라고는 생각하지 못했던 서진규는 당황해서 노형진을 바라보았다.

"맞습니다. 중국 해경이지요."

"아니, 저놈들이 왜?"

당황하는 서진규와 다르게 노형진은 담담했다. 사실 어느 정도는 예상하고 있었으니까.

"말씀드렸다시피 저들은 중국의 준군사 조직인 해상민병대를 이끌고 있습니다. 우리에 대해 보고했을 테고, 뒤져 봤지만 나오는 건 없었을 테지요. 그러면 남은 대응책은 뭘까요?"

"우리를 사로잡는 거군요."

"네. 하지만 어선의 속도야 뻔하지요."

이쪽도 어선이고 저쪽도 어선이라면, 이쪽에서 죽어라 도망치면 저쪽에서는 잡을 방법이 없다.

더군다나 이 선박은 일반 어선보다 훨씬 빠르다.

엔진 두 개에 스크루가 두 개. 만일 추격전을 한다면 중국의 어선으로는 절대 못 따라잡는다.

하지만 해경의 선박은 제법 빠른 편이기에 충분히 따라잡을 수 있다.

"우리를 잡기 위해 해경을 동원할 거라는 것 정도는 예상할 수 있지요."

"설마?"

서진규는 자신의 카메라를 바라보았다.

만일 그런 장면을 찍어서 다큐에 넣는다면?

중국에서는 어떻게 해야 할까?

답은 뻔하다.

황곰과의 연을 끊고 황곰에 대한 대대적인 사냥을 시작하게 될 것이다.

"우리가 잠깐 사람들을 구하고 선박을 침몰시킨다고 해

도, 황곰에서는 사람이야 다시 납치하면 그만이고 배는 어디
서든 빼앗아 오면 됩니다."

그때마다 노형진이 그들을 구하러 다닐 수는 없다.

결국 근본적으로는 황곰을 없애야 한다.

"하지만 그 방법이 문제였죠."

아무리 신고해 봐야 중국 당국에서 은폐할 게 뻔하고, 다
른 나라의 문제에 대해 한국이나 주변국들이 섣불리 뭐라고
할 수도 없다.

"하지만 해경까지 연관되면 답이 나오지요."

해경이 납치와 노예에 연관되어 있다고 하면 중국 정부는
언제나처럼 일부의 부패로 몰아갈 테고, 그 과정에서 황곰은
축출될 것이다.

"그러면 좀비선은 다시 운영 못 할 겁니다."

새로 다른 조직이 생기겠지만 중국 정부에서 좀비선을 운
영하게 두지는 않을 테고, 설사 한다고 한들 외국인 납치는
못 할 것이다.

"확실히 근절되겠네요."

"그러니 확실하게 찍어 두세요. 세상 한번 뒤집어야지요."

그 말에 서진규는 고개를 끄덕였다.

노형진은 선박을 이끌고 점차 그쪽으로 향했다.

"이쯤에서 배를 돌립시다."

이쪽에서 도망가기 시작하면 분명 저쪽이 튀어나오리라.

노형진은 그렇게 생각하고 배를 돌렸다.

아니나 다를까, 중국 해경의 선박은 무서운 속도로 치고 나왔다.

"전속력으로!"

그쪽에서 달려오자 노형진은 반대로 달리기 시작했다.

하지만 기본적으로 어선과 경찰용 함선은 그 성능이 다를 수밖에 없기 때문에 그들은 아주 빠르게 이쪽에 달라붙었다.

상대방은 잠깐 멈추라고 방송하는 듯하더니 갑자기 이쪽을 향해 미친 듯이 사격하기 시작했다.

타타탕!

탕탕!

"히익!"

서진규는 몸을 움츠렸다.

사격에 대비해서 충분히 몸을 가리고 있었지만 누군가가 자신을 노리고 총을 쏜다는 것 자체가 상당히 부담스러운 일이었다.

"걱정하지 마세요. 아직은 경고사격이니까."

"아직이라니요. 그럼 조금 있으면 조준 사격한다는 거 아닙니까?"

"중요한 건 중국 해경이 민간 선박에 총질을 한다는 거죠."

노형진은 난간 뒤에 숨어서 말했다.

"하지만 저놈들은 어떻게 떨구시려고요? 이대로 가면 다

죽습니다."

"안 죽습니다. 어차피 해경이라고 해 봐야 개인 소총 정도밖에 없습니다."

고작 이런 일에 함포가 달려 있는 선박을 보내지는 않을 테니까.

"하지만 그래도……."

"그리고 우리는 저쪽을 금방 떨쳐 낼 수 있습니다."

"금방요?"

"서해 쪽은 생각보다 좁거든요."

노형진은 자신 있게 말했다.

그러는 사이에 중국 해경은 빠르게 달려와서 대놓고 선체에 총질을 퍼부어 댔다.

"이쯤이면 될 것 같군요. 작동시켜요!"

"알겠습니다."

안쪽에서 누군가가 대답을 했다.

하지만 바뀌는 건 없었다.

"뭡니까? 이거 뭐예요? 바뀌는 게 아무것도 없는데!"

여전히 총질을 하면서 따라오는 중국 해경의 선박.

"조금 걸릴지도?"

그 순간 갑자기 중국 해경이 급감속을 하더니 그대로 방향을 바꿔서 반대로 달리기 시작했다.

"어?"

뭔가를 쏘거나 반격한 것도 아닌데 중국 해경은 다급하게 멀어지고 있었다. 그걸 보면서 노형진은 피식 웃었다.

"이게…… 어떻게 된 겁니까?"

"GPS를 속였습니다."

"GPS를 속이다니요?"

"과거에 어떤 사건을 해결하면서 만들어 둔 게 있거든요."

선박들은 기본적으로 위성에서 오는 신호를 기반으로 위치를 확인한다.

그건 해경의 선박들도 마찬가지.

도리어 해상에서는 그 중요도가 높아지는데, 국경선이나 위치를 알 수 있는 지형지물이 없기 때문에 까딱 잘못하면 선박들이 다른 나라의 영해로 넘어갈 수 있기 때문이다.

"그 신호를 속이는 장비를 만든 거죠."

당연하게도 그 신호에 중국 해경의 경보 장치가 작동했을 테고 저들은 황급하게 도망갈 수밖에 없었으리라.

GPS상에는 그들이 한국 영해로 들어온 것으로 나올 테니까.

"우리를 추적한 시간도 제법 되었고, 전투를 하다 보면 시간관념이 흐릿해지는 것도 있지요."

그러니 경보가 울리자마자 다급하게 도망갈 수밖에 없으리라.

한국 영해에서 민간인 선박에 대놓고 사격을 가할 수는 없을 테니까.

"그사이에 우리는 다른 곳으로 도망갈 수 있을 테고요."

저들이 사실을 알아낼 시간이면 이쪽은 이미 안전한 곳으로 자리를 옮긴 이후일 것이다.

"아마 속 좀 터질 겁니다."

그러면서 노형진은 카메라를 바라보았다.

"이게 상영되면 아마 더 속이 터질 테고요."

⚖️

―중국에서 납치를 당하셨다고요?

―중국으로 여행을 갔다가 납치당했소. 길을 가고 있는데 갑자기 누군가가 내 뒤통수를 치고는 그대로 차 안에 집어 던지더군.

―주변에서는 아무도 구해 주려고 하지 않던가요?

―다들 귀찮다는 눈빛이었지. 아예 이쪽으로는 고개도 돌리지 않더라고.

도와 달라고 살려 달라고 그렇게 고래고래 소리를 질렀지만 누구도 도와주지 않았다.

그렇게 끌려가서는 무려 2년을 노예로 살았다고 남자는 한탄했다.

―그러면 거기에서 어떤 일을 당하셨습니까?

−인간이 생각할 수 있는 최악을 당했지.

매일같이 두들겨 맞고, 씻지도 못하고, 먹는 것도 부족했다. 식수라고 오는 걸 하루에 한 모금 먹는 것도 눈치를 봐야 했다.

−그러다가 죽으면 토막을 내더군.
−토막요? 바다에 던져 넣는다는 겁니까?
−아니. 진짜로 시신을 토막을 내서 바다에 던지더군. 그래야 물고기가 시체를 먹으러 몰려온다고.

그리고 그 물고기를 잡으라고 구타했다.

−프랭크라고 하던 학생이 있었지. 매일같이 두들겨 맞다가 결국 바다에 뛰어들었어. 차라리 자살을 하면 토막은 안 나니까.

인간 이하의 취급을 받으며 그들은 오로지 물고기를 잡기 위해 동원되었다.

−이름은 모르겠는데 중국인이 한 명 있었어. 그는 너무 배가 고픈 나머지 생선을 날것으로 뜯어 먹었지. 배가 고파서 눈이 돌아간 거야. 그런데 그놈들이 어떻게 했는지 아나? 손과 발을 잘라서 바다에

던져 버렸어. 노예 따위는 얼마든지 구할 수 있다면서 말이지. 결국 허우적거리다가 그는 죽어 버렸지. 인간의 가치가 생선 하나만도 못했던 거야.

인터뷰를 마무리하며 서진규는 남자에게 말했다.

–고생하셨습니다. 이제는 행복해질 일만 남았으니 힘내십시오.
–그럴까? 나는 아직도 밤에 잠을 잘 자지 못하네. 따뜻한 물로 샤워를 할 수 있고 포근한 침대에서 잠들 수 있지만, 아직도 악몽으로 허우적대다 깨어나네. 내 영혼은 거기에서 죽은 것 같아.
–그건 이제 이분들이 도와주실 겁니다.
–도와줘?

남자는 이게 무슨 소리인가 하고 고개를 갸웃하다가 자리에서 벌떡 일어났다.
보이지 않는 카메라 너머로 고정되어 있던 그의 눈에서 곧 눈물이 펑펑 쏟아졌다.

–여보!
–아빠!

노형진이 서진규의 부탁을 받고 데리고 온 가족들이었다.

가족들은 그가 살아 있다는 말에 오열했고, 노형진은 그들을 위해 기꺼이 비행 편을 준비해 줬다.

그리고 오늘 이곳에서 처음으로 만났다.

─신이여…… 감사합니다. 신이여, 감사합니다. 한국은 나에게 새로운 생명을 줬습니다. 한국인분들, 너무나 감사합니다.

공식적으로 신분은 밝히지 않고 한국인이라고만 해 놨기 때문에 그는 가족들을 부여잡고 그렇게 울먹였고, 그 모습을 보면서 사람들은 눈물을 흘릴 수밖에 없었다.

"분위기가 어떻습니까?"

"올해 세계의 다큐상은 제가 싹 쓸어 올 수 있겠습니다. 전 세계에서 상영할 수 있게 해 달라고 돈을 싸 들고 오더군요."

피해 국가가 한두 곳이 아니었다.

생존자들만 치면 28개국이었지만, 생존자들이 기억하는 사망자들까지 포함하면 무려 35개국에 달했다.

각 나라의 영화사들은 이 다큐를 상영하겠다고 돈을 싸 들고 왔고, 다큐를 본 사람들은 중국에 분노했다.

당연하게도 해당 국가에서는 중국 정부에 거칠게 항의하

기 시작했다.

심지어 중국의 해경에서 노예들을 지키기 위해 총질하는 것이 찍혀 버리는 바람에 중국 정부는 입도 뻥끗하지 못하고 욕을 들어야 했다.

그나마 다행인 것은, 노형진의 예상대로 중국 정부가 바로 황곰과 손절하고 그들을 털어 버렸다는 것이다.

황곰뿐만이 아니었다.

좀비 어선을 운영하는 조직이 한두 군데가 아니었기에 중국 정부는 기습적으로 그들을 털어 버리고 거기에 잡혀 있던 사람들을 구하기 시작했다.

그런데 거기에는 중국인들뿐만 아니라 외국인들도 어마어마하게 많았기에 이제는 일부 국가가 아닌 전 세계가 중국을 성토하게 되어 버렸다.

"아마 당분간 중국은 관광지로서 피해가 클 겁니다."

중국에 갔다가 자칫 잘못하면 납치되어서 노예가 된다는데 누가 그곳에 가고 싶어 하겠는가?

최소 1년은 중국의 관광은 많은 피해를 입어야 할 것이다.

"그나저나 중국 어선의 노예라니. 생각만 해도 끔찍하네요."

"그러니까요. 그나저나 바로 다음 촬영에 들어가실 겁니까? 뭐 준비하시는 게 있다면서요?"

"아, 네. 그럴 겁니다."

서진규는 고개를 끄덕거렸다.

"마침 이번 주제와 어떻게 연결되는 부분도 있으니까요."

"연결되는 부분이라뇨?"

"제가 하려고 했던 것도 노예에 관한 부분이거든요."

"노예요?"

"네. 일본에 가 있는 한국인 성 노예들에 관한 부분이었습니다. 둘 다 노예라는 점에서 크게 영향을 줄 수 있을 것 같네요."

"네? 한국인 성 노예요?"

노형진은 서진규를 바라보면서 되물었다.

"일본에 한국인 성 노예가 있습니까?"

말 그대로 마른하늘에 날벼락이었다.

이것이 법이다

노예의 목적

  일본에 있는 한국인 성 노예. 그건 노형진도 예상하지 못하던 부분이었다.

  "중국과는 아무래도 상황이 좀 다르네요."

  중국은 노동력으로서의 인신매매 또는 장기 제공자로서의 인신매매가 주를 이룬다.

  장기 밀매나, 지난번처럼 노동 현장에서 노예로서 인신매매를 하는 것이다.

  "그에 반해 일본은 성 노예로서의 인신매매가 주를 이루는군."

  김성식은 떨떠름한 표정으로 말했다.

  "자기 본성이 너무 드러나네요."

  민시아 변호사 역시 그 기록을 보면서 어이가 없다는 표정이 되었다.

사람을 짐승 이하로 취급하는 중국, 그리고 여자라면 환장하는 일본.

그 문화가 범죄에도 드러나는 느낌이었다.

"그러고 보니 한국 정부가 일본에서 벌어지는 인신매매에 대해 한 번이라도 끼어든 적이 있나요?"

"내가 알기로는 없네. 일본이라는 나라는 한국에 언제나 적대적이었고 또 한국의 말을 들어 주는 놈들도 아니었으니까."

"결국 이렇게 팔려 간 여자들은 대부분 한국에 돌아오지 못했지요?"

"돌려보내기 힘들겠지. 그런 여자들이 일하는 술집이라면 분명 야쿠자 소속일 테니까. 그쪽에서 돌려보내면 정치적 문제가 될 테니."

김성식은 검사로서 대한민국 검찰에서 일했기에 정부에서 이 문제에 어떻게 접근하는지 누구보다 잘 알고 있다.

"웃긴 일이지만 우리로서는 어떻게 해 줄 수가 없는 일이네."

중국에서는 인신매매가 말 그대로 납치로 이루어진다면, 일본의 인신매매는 기본적으로 속임수로 이루어진다.

즉, 한국에서 여자들에게 일본에 가면 돈을 많이 벌 수 있다고 거짓말을 하는 것이다.

현실적으로 그게 아예 틀린 말은 아니지만, 또 완전히 맞는 말도 아니다.

이것이 법이다

일본의 성 상품화 전략은 세계적으로도 유명하기에 그런 수요가 있는 것은 사실이지만, 그렇게 번 돈은 죄다 야쿠자와 술집에서 가지고 갈 뿐 속아서 팔려 나간 여자들은 가지고 오지 못한다.

"일본에 속아서 팔려 나가는 여자들이 그렇게 많다고요?"

"현실적으로 일본은 선진국이라는 이미지가 있으니까요."

노형진도 고개를 절레절레 흔들었다.

사실 일본은 선진국이기는 하다.

하지만 물가도 그렇고 임금도 그렇고, 현실적으로 한국이 실질 소비율로는 일본을 이미 따라잡은 상태다.

즉, 일본에 가서 돈을 벌어 봐야 옛날처럼 큰돈 벌어 와 한국에서 집을 사고 가게를 차리는 건 불가능한 시대가 된 것이다.

"툭 까고 말해서 술집에서 일한다고 치면 수익은 일본이나 한국이나 결국 거기서 거기일걸요."

무태식은 무심결에 그렇게 중얼거렸다. 그러자 바로 반격이 들어왔다.

"그걸 당신이 어떻게 아는데?"

"아니, 그게……."

민시아 변호사의 날카로운 질문에 깨갱 하는 무태식 변호사.

그러자 김성식이 피식 웃었다.

"아무리 그런 곳에 다니지 않는다고 해도 그런 가격조차

모를 정도로 정보가 느리지는 않으니까. 안 그런가?"

"그럼요, 대표님."

격하게 고개를 끄덕거리는 무태식.

노형진도 그 부분에 대해서는 인정한다는 듯 고개를 같이 끄덕거렸다.

"그 정도 정보도 얻지 못할 만큼 느려 터졌으면 변호사 노릇 못 합니다, 민 변호사님."

"으음…… 의심스러운데."

"의심할 만한 시간이나 좀 주고 의심하든가. 집에 가면 잘 시간도 부족한데."

"그래, 그건 인정."

민시아도 그걸 알기에 고개를 끄덕거렸다.

새론의 살인적인 업무량은 어쩔 수가 없는 현실이니까.

"그나저나 그걸 현지 경찰이 그냥 뒤요?"

김성식의 말에 민시아 변호사는 이해가 안 된다는 듯 물었다.

"상대는 야쿠자니까. 그들 입장에서도 건드리기 위험하지. 그리고 그게 애매하거든."

"애매해요?"

"편의점이나 가게에서 일을 시킨다고 데려가지는 않아. 물론 성매매라고 말하지도 않지. 보통 주점이라고 표현은 하는데, 여자들이 생각하는 주점은 한국의 바 정도의 수준이야. 하지만 일본 야쿠자들은 2차까지 나가는 거고. 그런 식으로 속이는 경우가 많다네. 그런데 어찌 되었건 술집이라는 두루뭉술한 단어로 포장되어 있으니까. 일본의 전형적인 방법이지."

야쿠자들은 그렇게 두루뭉술한 계약으로 상대방을 속여서 뭔가를 하는 것에 대해 그다지 거부감이 없다.

실제로 소위 AV라고 불리는 일본의 성인물 중 일부는 계약서에 두루뭉술하게 영화 촬영 같은 식으로 표현되지 어디에도 성인 영상이라는 표현은 쓰지 않으며, 계약한 후에 현장에서 협박을 통해 촬영하기도 한다.

실제로 여자들을 데리고 갈 때는 술집에서 일한다고만 이야기한다. 그리고 실제로 술집에서 일하게 한다.

다만 그녀들은 2차까지는 생각하지 못하고 속아서 끌려가는 거다.

물론 돈을 뜯길 거라는 생각은 더더욱 못 할 테고 말이다.

"그리고 뜯어먹는 거지."

그런 가게로 잡혀가면 돈도 안 주고 여권도 안 준다.

그러다가 더 이상 돈이 안 된다 싶으면 다른 곳으로 팔거나, 버리거나.

"그나마 버려서 안전하게 한국으로 들어오면 다행이고."

아예 죽여서 처리하는 경우도 제법 많다.

"아니, 도대체 거기를 왜 가는 거예요? 이해가 안 가네. 생각해 보니 이런 사건, 뉴스에서 어려서부터 엄청 많이 본 것 같은데.”

　민시아 변호사는 속아서 가는 여자들이 도무지 이해가 가지 않았다. 실제로 과거에 그런 뉴스들이 엄청나게 많았으니까.

　그런 민시아의 말에 노형진은 입맛을 쩝쩝 다시면서 말했다.

　“두 가지 이유 때문이지요. 일단 ‘과거’의 기준이 민 변호사님이랑 그 여자들이랑 다르다는 거.”

　“네? 그게 무슨 말이지요?”

　“민 변호사님이 그런 뉴스를 본 건 아마 아주 어릴 때일 겁니다. 하지만 지금 일본으로 가는 여자들의 세대에는 그런 뉴스가 없었을 겁니다.”

　과거에는 일본에 대항해서 싸워야 한다는 반일 감정 조성이 분명 있었다. 그래서 이런 뉴스도 자주 나오곤 했다.

　하지만 지금 세대는 그런 뉴스를 거의 접하지 않는다.

　반일 감정보다는, 국제적 균형과 화합을 더 중요하게 생각하는 시대니까.

　“당연히 그런 정보를 얻을 수가 없지요.”

　“그래 봤자 얼마나 차이 난다고요?”

　“그 차이는 생각보다 큽니다. 당장 초등학생들은 대부분 아날로그시계 보는 법도 모를 정도니까요.”

　숫자로만 표현되는 디지털시계에 익숙한 세대에는 바늘이 움직이는 아날로그 방식을 모르는 아이들도 많다.

　“세대 차이란 그런 겁니다. 그리고 다른 이유는, 아무리 좋게 보려고 해도 술집은 결국 술집이라는 거지요. 어딜 가나 그런 술집에서 일하는 걸 좋게 보지는 않으니까요."

술집에서 일했다는 것. 그건 여자에게 치명적인 과거사가 될 수 있다.

설사 2차와 상관없는 바나 기타 술집에서 일했다고 해도 사람들은 색안경을 끼고 본다.

그런데 심지어 젊은 여자가 돈까지 많이 벌었다고 하면?

이상하게 보는 놈들이 분명 존재할 것이다.

그리고 그걸 추적해서 협박으로 돈을 뜯어내려고 하는 놈들도 있을 테고 말이다.

하지만 한국이 아니라 일본에서 일해서 돈을 번다면?

한국에서처럼 과거를 추적하기 쉽지 않다.

그래서 과거가 깨끗하게 세탁된다는 식으로 상대방을 속이는 거다.

"하지만 거기에는 함정이 있지."

한국이나 일본이나 성매매가 불법이지만 현실적으로는 이루어지고 있는 건 같다. 그러나 법적인 보호는 전혀 다른 문제가 된다.

일본에서 성매매 해서 돈을 번 후에, 그 돈을 안 준다고 해서 신고하는 것은 불가능하다는 것.

그리고 신고한다고 해도, 일본의 경찰은 야쿠자와 손잡고 있기 때문에 보호해 주지 않는다는 것.

만일 신고하면?

일단 성매매 위반으로 처벌받고 그 후에 추방.

당연히 돈은 받지 못한다.

동시에 한국에 그 기록이 남아서 영구적으로 따라다니게 된다.

당연히 그녀들은 결혼한다고 해도 그 기록 때문에 해외여행의 결격사유가 발생해서 해외로 신혼여행도 못 가게 된다.

그건 생각보다 큰 문제다.

요즘은 다 신혼여행지를 해외로 생각하는데 결격사유로 인해 여권이 나오지 않으면 남자는 이유를 캐물을 테고, 여자는 그 사실을 감출 수가 없게 되니까.

"그리고 거기서 죽는다고 해도 아무도 모른다는 것 또한 문제고."

일본에서 성매매 한다고 본인이 이야기하고 다녔을 리 없으니 당연히 사람들은 그녀가 어디로 갔는지조차도 모른다.

"설사 가족들이 신고한다고 해도 문제가 되지."

가족들이 신고하면 경찰은 일단 수사는 진행할 것이다.

그런데 당연히 피해자는 일본으로 출국한 것으로 나올 테니 그걸로 사건이 종료된다.

피해자가 일본에서 실종되었다고 해서 과연 경찰이 성실하게 일본 정부에 입국 사실과 실종 사실을 통보하고 조사를 요청할까?

사실 그럴 가능성은 그다지 높지 않다.

보통 누군가가 해외에서 사라져도 사건에는 미결 딱지 하나 붙은 채 그냥 묻혀 버린다.

설사 한국에서 일본의 경찰에 실종 통보를 한다고 해도 사실상 일본에서 피해자를 찾는 건 불가능하다.

"그리고 한국인 실종자에 대해 일본의 경찰이 관심을 가질 이유도 없으니 당연히 그걸로 사실상 사건은 종결 처리되는 거지."

일본은 자국 내 실종 사건에 대해서도 제대로 대응 못하는 걸로 유명하다.

그런데 그런 일본 경찰이, 사이가 안 좋고 무시하는 한국인 실종자를 찾기 위해 과연 노력할까?

"그런 사건이 많은가요?"

"많을 거라 예상하고 있네."

김성식은 노형진을 물끄러미 바라보며 말했다.

"지금까지 누구도 거기에 관심을 가지지 않았으니까."

"누구도?"

노형진은 어색하게 헛기침을 했다.

"이런 말 하면 좀 그렇지만, 한국에서 일본에 대한 감정이 좋지 않으니까요. 솔직히 일본에 가서 성매매 하는 행동이 좋게 보일 수가 없지요."

누군가는 일본에 강제로 끌려가서 성 노예로 인생이 망가졌는데.

"하지만 대부분은 속아서 간다면서요?"

민시아는 이해가 가지 않는다는 듯 물었다.

"네, 실제로 많이 속아서 가지요. 하지만 한국 사람들이 이런 문제에 대해 유독 잔인한 부분이 있지 않습니까? 뭐랄까, 책임 전가랄까요?"

"하긴, 부정은 못 하겠네요."

얼마 전까지만 해도 범죄가 저질러지면 가해자가 아니라 피해자를 탓하는 게 한국이었다. 지금은 많이 나아졌다고 하지만 여전히 그러한 문화는 남아 있다.

당장 학교 폭력 같은 게 터지면 선생이 가해자의 처벌을 요구하는 게 아니라 맞을 만해서 맞았다는 헛소리를 하니까.

"그나저나 서진규 씨는 그걸 어떻게 알았답니까?"

"아, 얼마 전에 시끄러운 사건이 있지 않았습니까?"

"아, 그 나카무라 사건?"

속칭 나카무라 사건.

자신을 나카무라라고 소개한 미친놈이 저지른 사건이었다.

물론 나카무라라는 놈의 이름도, 소속도 가짜였다.

그는 몰래카메라로 일본에서 성매매 하는 한국인 여성을 찍어 영상을 인터넷에 공개해 버리는 짓거리를 했다.

비록 그들이 불법적으로 넘어간 것은 사실일지라도 그랬으면 신고했어야지, 그렇게 인터넷에 얼굴을 공개해서는 안 되는 일이었다.

그러나 그는 단순히 얼굴만 공개한 것이 아니라 성관계를 하는 장면까지 모조리 공개하는 바람에 성매매 여성들의 인생은 완전히 망가졌다.

피해자만 아흔 명이 넘었고 그중 열댓 명은 결국 자살했다.

하지만 일본 내에서는 더러운 조센징들이 잘 죽었다면서 그걸 엮어서 '봐라, 조센징이 주장하는 위안부설은 거짓말이다. 조센징들은 돈을 벌기 위해 예나 지금이나 대일본국에 와서 몸을 판다.'라는 말까지 해 댔다.

당연하게도 한국에서는 해당 범죄자인 나카무라에 대한 조사를 요청했지만 일본 정부는 이를 완전히 무시했다.

아무리 일왕가에서 권력을 잡았다고 해도 기본적으로 대한민국에 대한 혐오는 그렇게 쉽게 없어질 게 아니었으니까.

"그 사건을 다큐로 만들기 위해 피해자들이나 다른 사람들에게 접촉했다고 하더군요."

그런데 그 와중에 거기로 팔려 나간 여자들의 현실에 대해 알게 되었다고 한다.

생각보다 그곳에서 잡혀 있는 여자들의 숫자가 많다는 것.

"그리고 한국이 아닌 다른 나라 사람들도 의외로 꽤 있다고 하더군요."

"한국 말고?"

"동남아 여성들 말입니다."

"아하!"

"하긴 한국도 그 문제로 지금 막 시끄럽지 않아요?"

"인간은 어딜 가나 똑같으니까요."

현실적으로 본다면 인간의 탐욕은 어딜 가나 똑같다.

선진국도 후진국도, 결국 인간은 인간일 뿐이다.

그러니 인간의 탐욕을 제어하는 것은 오직 시스템과 교육 여건이 얼마나 잘 갖춰져 있느냐에 달려 있다.

한국의 경우는 그나마 그 시스템이 어느 정도 작동한다.

하지만 일본의 경우는 야쿠자라고 하는 폭력 조직과 연계되어 있기 때문에 그걸 제어할 수 있는 시스템이 없다.

"전에도 한번 말씀드린 적이 있지만 일본은 세계적으로 인신매매에 대한 관리를 포기한 국가 중 하나입니다."

즉, 인신매매를 적극적으로 박멸하려고 시도조차 하지 않고 있다.

"그렇다 보니 이런 문제가 생기는 거고요."

알고도 모른 척한다고 할까?

아니면 모른다고 생각했다고 해야 할까?

생각해 보면 예나 지금이나 사실상 바뀐 것은 없다.

도리어 일본의 한국에 대한 증오나 분노 같은 건 더 심해졌다.

그렇다고 해서 한국 정부가 일본에서 벌어지는 한국인을 대상으로 하는 범죄에 대해 박멸하겠다고 나선 적도 없다.

그렇다 보니 현실적으로 그들은 지금까지 활개를 치고 있을 수밖에.

"하지만 위험하지 않겠습니까?"

무태식은 눈을 찡그리며 말했다.

"다른 곳도 아닌 야쿠자입니다."

"삼합회 상대로도 싸웠는데요, 뭘."

"삼합회에서 이쪽의 존재를 몰랐으니까요."

해적이라는 이름으로 치고 빠지기를 했던 노형진이다.

방송에도 노형진이나 새론, 또는 뭔가 특정할 수 있는 것은 철저하게 가려진 채 나갔다.

중국의 삼합회는 이번 일로 적지 않은 타격을 입었지만 보복할 만한 방법은 없었다.

물론 서진규에게 보복을 하겠다는 놈들도 있었지만 그 말이 나오기 무섭게 공산당에서 그들의 목을 따 버렸다.

안 그래도 분위기가 안 좋은데 서진규에게 보복이 들어가면 중국의 이미지는 더더욱 떨어질 수밖에 없으니까.

"원래 사회운동 다큐를 찍는 사람들이 상당히 모험심이 강하지 않습니까?"

"모험심이 강하다기보다는 간땡이가 부은 것 같지."

김성식은 몇 번 만나 본 사람들을 떠올리고는 고개를 끄덕거리며 말했다.

"누가 뭐라고 해도 할 건 하는 사람들이니까."

"그러니까 문제인 겁니다. 야쿠자들이 그냥 두겠냐고요. 중국의 삼합회와는 상황이 완전히 다릅니다."

중국의 공산당은 삼합회를 자기들 아래에 두고 있다고 생각한다.

실제로 군 병력을 이용해서 삼합회를 때려잡으려고 하면 못 할 것도 없다.

애초에 중국의 인민해방군은 중국의 군대가 아니라 당의 군대이기에, 당의 명령에 따라 민간인 공격을 하는 데 있어 하등의 부담이 없기 때문이다.

"하지만 일본은 아닙니다. 야쿠자들이 일본의 정치인들을 쥐고 흔드는 게 현실입니다."

아무리 큰 문제가 생겨도, 일본의 정치인이나 경찰은 야쿠자에게 손대지 못한다.

"하지만 반대로 쉽게 해결할 수 있을지도 모르지요."

다들 걱정하는 눈치였지만 의외로 노형진은 담담하게 말했다.

"그게 무슨 말인가?"

"야쿠자는 그래도 나름 합리적인 조직이거든요."

"합리적?"

합리적이라는 말에 다들 이해가 안 간다는 눈치였다.

어찌 되었건 야쿠자는 폭력 집단이다.

그런데 그런 놈들에게서 합리를 찾다니?

"아, 오해하지 마세요. 그놈들을 편들어 준다거나 하는 게 아닙니다. 그들이 범죄 조직인 건 누구보다 잘 압니다."

"그건 알겠네. 그런데 대체 어디가 합리적이라는 건가?"

"간단합니다. 그들은 자신들이 피해를 입지 않는다면 선불리 싸우려 들지 않을 거라는 의미입니다."

"그게 무슨 소리지?"

"돈은 포기할 테니 그냥 한국으로 돌려보내 주기만 하면 된다고 하면 됩니다. 그러면 일본 야쿠자의 성향상, 일을 크게 만들지 않을 겁니다."

"그런다고 얌전히 돌려줄 리가 없지 않나?"

"물론 아무나 말한다고 될 리가 없지요. 하지만 우리에게는 신동하가 있지 않습니까?"

"신동하? 아, 그렇군."

야쿠자는 합리적이라는 게 그들이 제대로 된 조직이라는 의미는 아니다.

그냥 힘을 가진 사람들과 싸우는 걸 싫어한다는 소리일 뿐.

"신동하는 일본에서도 이제 유명 인사입니다."

대동을 집어삼켰고, 이제는 실권을 쥐게 된 일왕가의 가장 밀접한 최측근이다.

"그리고 야쿠자들은 과거에 비해 힘이 많이 쪼그라들었죠."

자본주의 시대에, 모든 힘은 돈에서 나온다.

하지만 현재 일본은 당장 죽어 가는 상황이다.

권력이 바뀌었다고 해도 여전히 주요 정당은 자민당이고, 그들은 일왕에게 충성을 바치는 척하면서도 한편으로는 뭐라도 뜯어먹기 위해 발악하고 있다.

　자민당이 사라진 게 아니라 그 안에서 쿠데타를 일으켰던 야베의 세력만 사라진 것이기 때문이다.

　"이해가 안 가는군, 쿠데타가 벌어졌는데 그걸 편들어 준다니."

　"이해할 수 있으면 얼마나 좋겠습니까? 대한민국도 똑같습니다."

　"하긴, 홍안수가 쿠데타를 일으켜 실패했지만 그렇다고 해서 자유신민당이 사라진 것은 아니지."

　세력이 많이 줄어들었다고는 하지만 그렇다고 해서 모조리 없어진 것은 아니었다.

　"인간의 가장 강력한 힘은 바로 증오죠."

　자유신민당이 빨갱이라는 이름에 대한 증오로 먹고살듯이, 일본의 자민당은 조센징이라는 이름의 한국에 대한 증오로 버틴다.

　안 그래도 뒤집어진 상황에서 절대적 열등감을 가지고 있는 극우 세력이 갑자기 사라지는 것은 아니었다.

　"하지만 야쿠자들을 그냥 두시게요?"

　민시아는 이해가 안 간다는 듯 물었다.

　그러자 노형진이 도리어 그녀를 빤히 쳐다보며 되물었다.

"당연하지요. 제가 왜 야쿠자를 없앱니까?"

"네?"

"일본입니다. 아무리 일왕가가 이쪽으로 넘어왔다고 해도, 여전히 한국의 가장 강력한 적 중 하나입니다. 그리고 미래는 모를 일이고요. 이런 말 하면 그렇지만, 여전히 내부에 기생충이 있게 두는 게 우리에게는 안전합니다."

내부에서 스스로 좀먹게 한다면 한국이 견제하지 않아도 무너질 가능성이 크다.

"우리가 손잡은 건 일왕과 대동입니다. 일본이 아니라요. 그건 전혀 다른 문제죠. 당장 과거에 일본이 손잡은 건 한국이 아니라 자유신민당과 홍안수였습니다. 그 차이를 아시겠습니까?"

모두들 고개를 끄덕거렸다.

"이쪽에서 접근해서 설득한다면 그쪽도 거절은 하지 않을 겁니다."

야쿠자들은 자민당과 강력한 선을 가지고 있었다.

하지만 이제 자민당은 사라졌으니 새로운 정치 세력과 손잡아야 한다.

더군다나 대동의 경우는 그들이 손잡았던 신동성이 나가리가 되어 버렸다.

"그들 입장에서는 어떻게든 선을 만들어야 하지요."

"그걸 이용하겠다는 거군."

노형진은 김성식의 말에 고개를 끄덕거렸다.

"저는 한국인입니다. 그리고 언제나 한국이 우선입니다."

그동안 쌓은 힘을 쓰는 데 노형진은 한 줌의 주저함도 없었다.

신동하는 노형진의 말에 고개를 끄덕거렸다.

"이번에는 제가 같이 갈 수가 없겠군요."

"이제는 대동의 회장이 되었으니 불가능하겠지요."

대동의 회장.

그는 버려진 사생아에서 대동을 집어삼킨 입지전적인 인물이 되었다.

그가 대동의 회장이 된 후 개인적으로 시간을 내는 것은 거의 불가능에 가까웠다.

당장 지금도 대동의 회장실에서 노형진과 만나고 있으니까.

"기분이 어떤가요?"

"뭐가 말입니까?"

"세상을 올려다보던 입장에서 내려다보는 입장으로 바뀌지 않았습니까?"

쓰게 웃는 신동하.

"마냥 좋지는 않습니다. 제가 제대로 후계자 교육을 받은 게 아니라서요. 하루하루 치열하게 살아가고 있습니다."

"그래도 상황은 많이 바뀌지 않았나요?"

"그건 그렇지요. 하지만 그…… 뭐랄까, 다른 기업에서는 사람 취급도 하지 않는다는 느낌이 강해서요."

"일본의 순혈주의는 참 웃긴다니까요."

원래 부자가 아니었으니까, 그러니 자신들보다 수준이 낮다고 생각하는 거다.

일본의 순혈주의는 한국에서 말하는 한민족 주의와는 좀 다르다.

한국에서는 한민족이라는, 한반도에 바탕을 둔 민족을 중요시한다. 그 때문에 종종 인종차별도 벌어지곤 한다.

하지만 일본은 그것보다 더하다.

대표적인 예를 들자면, 일본의 경시청은 동경대학교 출신이 꽉 잡고 있다.

단순히 동경대 라인이 있다고만 표현하기에는 그들의 힘이 너무 크다. 정확하게는 동경대 출신이 아니면 승진이 불가능하다.

그런 식으로 아주 세밀하게 권력을 잡은 조직들이 타 조직을 배척한다.

즉, 신동하는 기존의 부자 라인에서 벗어나 있기 때문에 저들에게서 배척받는 것이다.

"기회라고 생각하세요."

"기회요?"

"일본 내부에서 인정받지 못하는 진취적인 인재들을 받아들일 수 있지 않습니까? 아웃사이더라는 게 마냥 나쁜 것만은 아닙니다. 사실 능력 있는 사람들 중에는 아싸가 제법 많습니다. 특히 이공계 쪽은 의외로 많지요. 사람들이 잘 기억 못 하는데, 와이플의 창립자였던 잭슨도 지독한 아웃사이더였습니다."

그런데 일본은 그런 사람들이 갈 곳이 없다.

일본의 조직 문화는 극단적으로 경직되어 있다.

어느 정도로 경직되어 있느냐면, 결재할 때 아직도 도장을 찍어야 한다.

그것도 상급자의 도장 자리를 바라보며 45도 각도로 기울여서, 마치 절하는 듯한 자세로 찍어야 한다.

상급자에게 결재를 부탁드린다는 의미였다.

당연하게도 이메일을 통한 업무 진행 같은 건 꿈도 못 꾼다.

그게 일본의 문화다.

당연히 그런 재능 있는 사람들이 갈 곳이 없다.

"그런 사람들을 위주로 받아들이세요. 장기적으로 보면 결국 일본의 그런 고질적인 문화는 스스로를 갉아먹을 테니까요."

"으음……."

"좋게 생각하시면 됩니다. 라이벌들이 알아서 나자빠지려고 하는데 이쪽에서 슬퍼할 이유가 없지요."

"그건 그러네요."

고개를 끄덕거리는 신동하.

"그나저나 야쿠자들과는 어떻습니까? 그쪽에서는 접촉해 오지 않던가요?"

"안 그래도 국회의원들을 통해 자꾸 자리를 만들려고 하더 군요. 지금까지는 계속 거절하고 있습니다만."

노형진은 미소를 지었다. 딱 좋은 기회였다.

"그들과 자리를 만들어 주실 수 있을까요?"

"네? 하지만……."

신동하는 야쿠자를 좋아하지 않는다.

그럴 수밖에 없는 게, 그는 과거에 야쿠자의 희생양이었으 니까.

아무것도 없는 연예 기획사 소속일 때 야쿠자들은 그곳에 서조차도 돈을 뜯어먹으려고 했다.

일본에서 야쿠자의 세력은 어마어마해서 저항하기 힘들기 때문이다.

더군다나 야쿠자 세력은 신동성과 손잡고 신동하를 몰아 내려고 했던 자들이다.

시간이 지났다고 해서 쉽게 용서할 수는 없었다.

"압니다. 하지만 필요하면 용서도 해야 하는 게 이런 자리 에 앉은 자의 의무입니다."

"필요에 따라서는 용서를 해야 한다고요?"

"전에도 한번 말씀드린 적 있을 겁니다. 조지 부시 입장에서는 일본은 용서할 수 없는 나라였습니다."

2차대전 당시에 조지 부시는 공군으로 참전했었고 일본에서 추락한 적이 있었다.

다행히 그는 미군에게 구조되었지만, 구조되지 못했던 동료들을 일본군은 안주가 부족하다는 이유로 잡아먹어 버렸다.

"하지만 조지 부시는 역대 미국 대통령 중에서도 일본에 상당히 우호적인 정책을 펴던 사람이었습니다."

"으음……."

그가 일본이 좋아서 그랬을까?

아니다. 필요에 의해 그런 것이다.

자리가 바뀌면 행동도 바뀌어야 하는 법.

노형진의 말이 인상 깊었는지 깊이 고민하던 신동하는 이내 고개를 끄덕였다.

"알겠습니다. 그러면 자리를 만들도록 하지요. 하지만 과연 순순히 놔줄까요?"

어찌 되었건 일본에서 성매매 산업은 상당한 수익을 벌어들이고 있다.

그러니 성매매 산업을 꽉 잡고 있는 일본의 야쿠자들이 쉽게 포기할 가능성은 낮다.

"그리고 이런 말씀 드리는 건 죄송합니다만, 아예 포기 못

하는 놈들도 있을 겁니다."

야쿠자라고 해도 다 같은 야쿠자가 아니라, 야쿠자와 삼합회는 일종의 조폭들의 총회 같은 거다.

다른 수익 모델이 있는 조직이라면 그들을 풀어 줌으로써 얻는 이득을 선택하겠지만, 그렇지 않은 경우는 절대 풀어 주려고 하지 않을 것이다.

"그건 그때 가서 이야기하도록 하지요."

노형진은 차분하게 말했다. 아직 시작도 하기 전이니까.

하지만 머릿속에는 이미 계획이 완성되어 가고 있었다.

⚖

"우리 쪽에는 잡혀 있는 여자가 없습니다."

야쿠자라고 해도 결국 여러 조직이 있다.

하지만 야쿠자라는 모임을 만들고 대표성을 가진 이야기를 할 만한 사람은 있었다. 그래야 각 조직의 문제를 중재할 수 있으니까.

시와 구미에서 나온 안도 히데키가 그런 사람이었다.

일반적인 조직원들과 다르게 그는 동경대 법대를 나온 수재이며 동시에 공정한 처사로 각 조직의 추천을 받고 있는 변호사이기도 했다.

'물론 그래 봤자 야쿠자이지만.'

애초에 변호사인 그가 야쿠자에 들어갔다는 것 자체가 그다지 올바른 사람은 아니라는 의미다.

거기에 들어갔다는 건 결국 그의 의뢰인들이 야쿠자라는 뜻이니까.

"하지만 저희 측 정보는 다릅니다. 일본에 강제로 잡혀 있는 여성들이 많다고 하던데요."

"없습니다."

안도 히데키는 단호하게 말했다.

그런 그의 모습을 보며 노형진은 눈을 가늘게 떴다.

'뭐, 예상은 했다.'

협상의 기본은 상대방에게 필요한 것을 주지 않는 것에서 시작된다.

이 경우는 그 여자들이 될 것이다.

'하지만 그건 일반적인 경우고.'

그들이 잡혀 있는 것이 불쌍하기는 하지만, 결국 자기 선택인 부분도 없지 않아 있다.

더군다나 중국과 다르게 일본은 그들을 구하려고 하다가 실패했다고 해서 굳이 그들을 죽이거나 할 이유가 없다.

즉, 이쪽도 급할 게 없다는 거다.

'모른 척하면서 우리한테 하나라도 뜯어내고 싶겠지? 그런데 어쩌나, 그런 수법에 당할 내가 아닌데.'

노형진은 속으로 비웃음을 날리면서 자리에서 일어났다.

"그러면 이만."

"뭐라고요?"

"저희는 당신들에게 원하는 게 있습니다. 하지만 당신들은 그게 없다고 하시네요. 그러면 저희는 어떻게 해야 할까요? 당연히 그만 일어나야지요. 우리한테 필요한 걸 갖고 계신 분이 아니니 말입니다. 여기서 더 앉아 있어 봐야 서로 시간만 버리는 거죠."

"무슨 말을……."

"그러니 다른 조직에 물어보는 게 좋을 것 같군요. 그러고 보니 시시오 구미가 유흥가 담당이었지요?"

시시오 구미가 이 지역의 유흥가를 담당하는 것은 분명 사실이다.

"당신한테 추천받았다고 이야기해 드리지요."

"잠깐!"

안도 히데키가 노형진을 붙잡았다.

"왜 그러십니까? 저는 딱히 할 말이 없습니다만."

"지금 야쿠자들을 만만하게 보는 겁니까?"

"그게 무슨 말씀이십니까? 그저 저희가 원하는 걸 가지고 계시지 않는다면 거래도 성립될 수 없다는 걸 말씀드린 것뿐입니다. 그리고 그걸 가지고 있는 게 시시오 구미라고 하니 저희는 거기로 가는 수밖에요."

"크흠……."

이러면 곤란한 것은 안도 히데키다.

그가 나온 이유는 모든 야쿠자들을 상대로 이야기를 전하기 위해서이기도 하지만 동시에 이권을 공정하게 나누기 위해서였다.

아무리 야쿠자들을 중재한다고 해도, 한쪽이 급성장하면 그런 중재는 무시당하기 마련이다.

다른 곳도 아닌 대동의 라인이다.

그걸 잡은 조직은 급성장할 테고, 그 지역을 싹 쓸어버릴 수 있다.

"한마디만 더하죠. 지금 당신이 차 버린 라인은 대동이 아니라 마이스터입니다."

약 올리듯 덧붙여진 노형진의 말에 안도 히데키는 숨이 턱 막혔다.

만일 이런 엄청난 기회를 놓친 게 알려지면 자신의 목은 날아간다.

공정하게 한다고 해서 온 것인데 결과적으로 시시오 구미만 좋은 일을 시키는 셈이니, 다른 조직에서 질투를 하지 않을 리가 없다.

"미안합니다."

결국 안도 히데키는 전략을 바꿨다.

이길 수 없는 상대 앞에서는 바로 굽히는 것이 일본인의 대표적인 특징이기도 하지만, 어설프게 자존심만 세워서는 야쿠자를 대상으로 일 못 한다.

그들의 자존심은 굉장히 강하기에, 잘못 건드리면 그가 죽으니까.

그가 속한 시와 구미에서 그를 위해 전쟁을 불사해 줄 것 같지도 않고 말이다.

"뭐가 말입니까?"

"어설프게 장난은 치지 않겠습니다."

그 말이 나오고 나서야 노형진은 다시 자리에 앉았다.

그러자 옆에 있던 신동하는 숨이 넘어가는 표정이 될 뻔했다가 간신히 심호흡을 했다.

이제 대동의 회장이 된 그였지만 그렇다고 해서 야쿠자에 대한 공포가 모조리 사라진 것은 아니었으니까.

노형진은 그런 그를 바라보면서 속으로 혀를 끌끌 찼다.

'하긴, 어쩔 수 없지. 그 공포감이 하루아침에 갑자기 사라질 만한 것은 아니니.'

사실 그래서 군이 여기에 신동하를 데려온 것이기도 했다.

대등한 입장에서 그들과 자꾸 상대해 봐야 나중에 그들에게 휘둘리지 않으니까.

실제로 노형진이 먼저 일어나려고 하자 안도 히데키는 자신이 아는 걸 사실대로 말했다.

"있다고 추측은 합니다. 하지만 그 숫자는 잘 모릅니다."

'그렇겠지.'

시와 구미에도 있을 테고 시시오 구미에도 있을 것이다.

"저희가 원하는 건 단 하나입니다. 그들을 한국으로 돌려보내 주십시오."

"미안합니다만 쉽지는 않을 겁니다, 한국의 여성들은 일본에서는 상당히 에이스들인지라……."

화장술부터 외모까지 상대적으로 한국인이 일본인보다 나은 편이었고, 그 때문에 그들이 벌어들이는 돈은 결코 적지 않았다.

"합당하게 돈을 버는 사람들까지 돌려보내라는 게 아닙니다."

"그게 무슨 말씀이십니까? 방금은 아가씨들을 돌려보내라면서요?"

"그들이 일한 만큼 돈을 받는다면 그럴 필요가 없지요. 물론 그러다가 단속에 걸려서 추방당한다 해도 우리가 알 바 아니고요. 우리가 원하는 건 강제로 잡혀 있는 여자들입니다."

안도 히데키는 눈을 살짝 찡그렸다.

'그놈들이 문제가 될 거라 예상하기는 했지만.'

노형진의 생각대로 야쿠자들은 합리적인 방법을 선호한다. 폭력 조직 입장에서의 합리성이기는 하지만 말이다.

당연히 일본으로 온 한국의 술집 여자들에 대해서도 조직마다 대응이 다르다.

한국 아가씨는 아예 안 쓰는 조직이 있고, 한국 아가씨라고 해도 동일하게 대우하는 조직이 있으며, 그들이 번 돈을 돌려주기는 하지만 생활비니 어쩌니 해서 좀 과하게 뜯어 가는 조직도 있다.

그리고 아예 속여서 데리고 온 여자를 완전히 뜯어먹는 조직도 있고.

'이거 곤란한데.'

안도 히데키는 거기까지 생각이 닿자 눈이 저절로 찡그러졌다.

"무슨 문제라도?"

"말씀하시는 조직이 어딘지 알 것 같군요. 시구와 구미 같은데……."

"시구와 구미?"

노형진은 고개를 갸웃했다.

사실 노형진도 일본의 수많은 조직의 계보 같은 건 잘 모른다.

더군다나 어떤 야쿠자가 술집을 운영하는지, 그리고 어떤 술집에서 한국 여자를 성 노예로 잡고 있는지는 알 방법이 없다.

그건 일본의 경찰도 모르는 일이다.

내부자들이라면 모를까.

"시구와 구미는 야쿠자 소속이기는 하지만 성향이 극단적입니다."

안도 히데키는 노형진에게 곤란하다는 표정으로 말했다.

"극단적?"

"시시오 구미에서 분리되어 나간 놈들인데……."

어느 나라든 범죄 조직은 하부 계층 사람들이 가입하기 쉽다. 그건 일본도 마찬가지.

그래서 일본 야쿠자에서 높은 비중을 차지하는 이들이 한국계 또는 부라쿠민 출신이었다.

어디에서도 받아 주지 않으니 결국 야쿠자가 되어 버리는 것이다.

실제로 미국의 주요 갱단에 속한 사람들은 속칭 슬럼가라고 하는 곳 출신이 대부분이고 말이다.

"그런데 그 안에서도 차별이 있습니다."

"그 안에서 차별이 있다고요?"

"시시오 구미의 경우는 그게 터진 거지요."

시시오 구미는 원래 한국계와 부라쿠민계가 만든 야쿠자 집단이었다.

정확하게는 일제강점기 일본에 살던 한국인들이 모여서 만든 게 바로 시시오 구미였다.

그 당시에 어지간한 젊은 사람들은 모조리 전쟁터에서 죽어 나갔기에 빠르게 세를 확장할 수 있었고, 지금까지 이 지역에서 상당한 힘을 자랑하고 있다는 것.

"그런데 평화가 오고 나서 문제가 생겼죠."

세상이 변하고 세대가 교체되자 시시오 구미에도 순수 일본인들이 가입하기 시작했다.

시시오 구미의 규칙 중 하나가 조직에 가입한 이상 신분은 무의미하다는 것이었다.

애초에 차별받던 한국인들과 부라쿠민들 위주로 운영되던 조직인 만큼 어찌 보면 그 규칙은 당연한 거였다.

하지만 이미 완성된 조직인 만큼 한국계와 부라쿠민 출신이 꽉 잡고 있는 게 현실이었고, 당연하게도 새로 들어온 일본인들은 그걸 마음에 들어 하지 않았다.

사회적으로 무시와 착취의 대상인 부라쿠민이 자신들의 위에 있다? 그건 도무지 용납이 안 되었던 것.

그게 쌓이고 쌓여서 결국 1990년경에 큰 싸움이 났다.

"그 싸움은 경찰도 말릴 수가 없었죠."

그 당시에 시시오 구미에 속한 사람이 1만이 넘었고 그들이 절반으로 나뉘어서 싸웠으니 얼마나 많은 피가 흘렀는지 감도 못 잡을 정도였다.

결국 야쿠자에서 나서서 강제로 중재하면서 시시오 구미와 신흥 조직인 시구와 구미로 나뉘었던 것.

"시구와 구미는 그래서 한국인에게 적대적입니다."

"그래서 야쿠자를 통해 이야기를 전하는 겁니다만."

"그게 안 된다는 겁니다. 그 말은 그들을 없애 달라는 것이나 마찬가지입니다."

"무슨 말도 안 되는 소리입니까?"

"시구와 구미의 주요 수입원은 술집입니다. 그것도 박리다매 전략을 통한 술집이지요."

"설마?"

박리다매라는 것은 결국 원가를 낮춰야 한다는 의미다.

그런데 술집에서 원가를 낮추는 데에는 아무래도 한계가 있기 마련.

가장 쉬운 방법은 과연 무엇일까?

"시구와 구미는 절대 여자들을 풀어 주지 않을 겁니다."

노형진의 노력은 최악의 상황으로 다가와 버렸다.

⚖️

시구와 구미는 인원이 4천 명 정도 되는 규모였다.

일본에서 초대형까지는 아니지만 그래도 대형 조직으로 분류된다.

순수 일본인으로 구성된 조직으로, 극단적 극우 성향을 강하게 가지고 있다.

하지만 그 인원과 상관없이 정치적 능력은 아주 뛰어난 편.

그래서 더러운 일을 맡기려고 하는 정치인들이 자주 찾는 곳이기도 하다.

"그래서 야쿠자 내에서도 힘이 상당히 강하다고 하더군요."

서진규는 노형진이 가지고 온 정보에 얼굴이 어두워졌다.

그는 다큐 촬영을 위해 일본에 들어온 상태였다.

그래서 노형진과 같이 일하는 중이었는데, 지금은 조용히 만난 3층의 커피숍에서 이번 상황을 해결할 방안을 찾고 있었다.

"중국처럼 함정을 파서 파멸시킬 수는 없습니까?"

"저도 그러면 좋겠습니다만, 기본적으로 중국과 일본은 상황이 다르니까요."

아무리 유사 민주주의국가라고 조롱을 받는다고 하지만 일본은 어찌 되었건 민주주의국가다.

수틀리면 끌려가서 장기 공장행 또는 〈인체의 신비전〉행이 되어 버리는 중국과는 완전히 상황이 다르다.

"더군다나 정치권과의 결탁 때문에 손대는 것도 힘듭니다."

"그건 중국도 마찬가지 아닌가요?"

"중국이야 떠벌리면 죽지만 여기는 떠벌려도 죽지는 않으니까요. 떠벌린다고 해서 딱히 뭐가 바뀌는 것도 아니고. 그리고 세력 싸움에서 중국은 공산당이 삼합회보다 압도적으로 위에 있지만 여기는 근소하게 야쿠자들이 정치인들 위에 있습니다. 그 차이는 어마어마합니다."

쿠데타가 벌어지고 야베가 물러났다.

한국이었다면 그 사실에 대해 당연히 분노하고 관련자들을 처벌하도록 요구했을 것이다.

하지만 일본 현지의 입장은 좀 달랐다.

아베가 쿠데타를 일으키고 권력을 잡으려고 한 게 충격적인 게 아니라 천황에게 반기를 든 게 충격적이라고 하는 게 그들의 입장이었다.

민주주의에 대한 기본적인 개념 자체가 부족한 것이다.

실제로 일본의 대다수의 국민들은 쿠데타와 관련해서 어떠한 반응도 보이지 않고 있었다.

당연히 정치인들은 국민을 보는 게 아니라 이권, 또는 자신에게 불이익을 줄 수 있는 사람을 본다.

"그러니 정치권을 이용해서 그들을 제압하는 건 불가능할 겁니다."

"방법이 없습니까?"

"솔직히 저도 잘 모르겠습니다."

그동안 노형진은 수많은 폭력 조직과 싸워 왔다.

하지만 대부분의 조직은 기본적으로 국가와 적대적 관계를 맺고 있었기에 약간의 속임수로 그들을 코너로 몰아넣고 국가로부터 사냥당하도록 하는 것이 노형진이 즐겨 쓰던 방법이었다.

"차라리 돈을 주고 데리고 오는 건 안 됩니까?"

"최악의 선택입니다. 공식적으로 왜 국가에서 인질 교환이 불가한지 아실 거라 믿습니다."

"끄응……."

한번 그렇게 돈을 주기 시작하면 그게 당연하다고 생각한다.

그 때문에 국가에서는 기본적으로 어떠한 경우에도 인질 범과의 협상은 없다는 입장이다.

"그건 다른 범죄에도 마찬가지이지요."

지금 눈앞의 이들을 구해 내면 앞으로는 더 이상 같은 범죄가 일어나지 않을까?

절대 아니다. 여전히 속여서 데리고 온 후에 뽑아 먹을 대로 뽑아 먹고 다시 돈 주고 데려가라고 할 게 뻔하다.

"하지만 그렇다고 해서 정부의 비호를 받는 놈들을 우리가 때려잡을 수는 없지 않습니까?"

단순한 비호 정도가 아니라 마치 하나의 몸처럼 움직이고 있는 상황.

"절대 안 됩니다."

물론 시도는 할 수 있다.

사실 아무리 잘난 폭력 조직이라고 해 봐야 노형진이 작심하고 민간 군사 기업을 불러들여서 족치기 시작하면 무너지는 건 순식간이다.

"하지만 그랬다가는 야쿠자가 가만있지 않겠지요."

야쿠자들은 바보가 아니다.

한번 그런 식으로 공격하면 다음 대상이 자신들이 될 거라고 예상할 거다.

당연히 무슨 수를 써서라도 저항할 테고.

"야쿠자의 역사는 오래되었지요. 지금까지 그런 이간계로 그들을 무너트리려고 하는 자들이 없었겠습니까?"

이득 때문에 모여 있는 삼합회와 다르게 야쿠자들은 자기 보호에 좀 더 적극적이다.

외부에서 다른 조직을 공격하면 삼합회는 그들의 구역과 자금을 빼앗기 위해 움직이지만, 야쿠자는 공격한 대상에 대해 공격을 감행한다.

자기들끼리야 칼질하고 총질하고 시멘트 처리하고 별짓을 다 하지만 외부에서의 공격에는 예민하게 반응하는 것이다.

"그러니 섣불리 공격하는 건 위험한 일입니다."

곰곰이 이런저런 궁리를 하던 노형진의 뇌리에 문득 어떤 생각이 스치고 지나갔다.

'경찰이라……'

신고? 할 수는 있다.

하지만 그런다고 해서 뭔가 바뀌지는 않을 것이다.

이미 경찰이 그들의 편에 넘어가 있는 상황이니 말이다.

그러나……

노형진은 잠시 생각에 잠겼다가 씩 웃었다.

"경찰에 신고하죠."

"네? 저기 노 변호사님, 경찰에 신고한다고 해도 의미가 없다고 방금 말씀드렸습니다만?"

이미 그런 신고를 몇 번이나 해 봤다. 하지만 경찰은 언제나 야쿠자 편이었다.

"저랑 인터뷰하신 분들도 그랬습니다. 주변의 착한 사람들이 신고해 준 적도 있지만 경찰이 오기는커녕 도리어 신고한 사람들이 린치를 당했다고요."

그 때문에 그들은 더욱 강제로 성매매로 내몰렸다고 한다. 단 한 푼도 받지 못하고 말이다.

"우리가 하면 그렇겠지요."

노형진의 입가에 싱글벙글 미소가 떠올랐다.

"하지만 다른 곳에서 한다면 어떨까요?"

"다른 곳?"

"그렇습니다. 정확하게는, 대한민국에서 하는 겁니다."

"그게 무슨······?"

"정치적 문제로 만들자는 겁니다. 지금까지 대한민국에서는 이 문제를 모른 척하지 않았습니까?"

"그랬지요."

"그러니까 대한민국 대사관이 고소를 넣는 겁니다."

"대사관에서요? 대사관에서 그렇게 일해 줄 리가 없지 않습니까?"

"안 해 주면 어쩔 건데요?"

노형진은 어깨를 으쓱하며 말했다.

"여기 카메라 감독님이 계신데."

그리고 씩 하고 웃었다.

이것이 충격이다

　다음 날 노형진은 주일 한국 대사관으로 찾아갔다.

　그리고 주일 한국 대사를 만났다.

　다른 사람도 아닌 노형진이었기에 약속이 없다고 해도 만나는 건 어려운 일이 아니었다.

　"반갑습니다. 주일 한국 대사인 홍인정입니다."

　"저는 마이스터의 대리인 노형진이라고 합니다. 이쪽은 서진규 감독님."

　노형진은 웃으며 말했다.

　홍인정은 자신을 촬영하러 온다는 말에 잔뜩 기대하는 눈치였다.

　노형진이라고 하면 마이스터의 대리인일 뿐만 아니라 한

국에서는 대통령에게 직접적으로 조언할 수 있는 몇 안 되는 사람 중 한 명이다.

그러니 잘 보이면 승진은 따 놓은 당상이라고 생각하고 있었다.

그런 그의 생각이 얼굴에 그대로 드러나고 있었기에 노형진은 속으로 혀를 끌끌 찰 수밖에 없었다.

'뭘 김칫국을 아주 독째로 들이켜네.'

자신만 찾아보고 서진규에 대해서는 확인하지 않은 것이 분명했다.

서진규가 어떤 감독인지 알았다면 아마 그런 생각은 하지 못했으리라.

"도움이 필요하시다고요?"

"그렇습니다. 여기 서진규 감독님이 저희 마이스터의 후원하에 촬영 중인 다큐멘터리가 있습니다. 〈21세기 일본 성 노예〉라는 제목인데…….."

"성 노예요? 지금 종군 위안부 문제를 말씀하시는 건가요? 그건 이미 정치적으로 끝난 부분입니다."

홍인정은 떨떠름하게 말했다.

그가 가장 엮이고 싶지 않은 문제가 바로 종군 위안부 이야기니까.

노형진은 그런 그의 말에 고개를 흔들었다.

"일단 그 부분은 저희도 알고 있습니다."

법적으로 대한민국의 배상청구권은 이미 사라졌다.

과거에 일본에서 차관을 들여오기 위해 그걸로 합의한 것이다.

기분 나쁘고 좋고의 문제를 떠나서 그건 엄연한 현실이다.

그러니 주일 한국 대사관에 와서 뭐라고 해 봐야 소용없다는 것 또한 사실이다.

"대사님의 말씀 중에서 몇 가지만 수정해야겠군요."

"수정요?"

"네. 첫째, 종군 위안부가 아니라 구 일본군의 전쟁범죄인 성 노예 착취 사건입니다. 종군 위안부라는 말은 일본이 면피하기 위해 쓰는 말이구요."

"크흠……."

노형진이 핵심을 혹 찌르고 들어오자 홍인정의 표정은 불편해졌다.

실제로 종군 위안부라는 말은 군무에 종사하는 위안부라는 의미다. 즉, 자발적으로 종사했다는 표현인 것이다.

일본과 한국의 친일 세력은 어떻게 해서든 그 부분을 흐리기 위해 지속적으로 종군 위안부라는 표현을 쓰도록 유도하고 있으나, 유엔인권위원회조차도 종군 위안부가 아니라 구 일본군의 성 노예 사건이라고 표현한다.

"둘째, 저희가 이야기하는 성 노예 사건은 구 일본군이 저지른 사건이 아니라 현재 일본에서 벌어지고 있는 사건입니다."

"지금 벌어지는 사건이라고요?"

"그렇습니다. 모르지는 않으실 텐데요, 몇 번 도와 달라는 요청이 들어왔다는 걸?"

"그게 무슨 말씀이신지?"

"야쿠자들에게 잡혀 있는 한국인 여성들 말입니다. 정확하게는 술집 여성입니다만."

그들이라고 해서 도움을 아예 청해 보지 않은 것은 아니었다.

웃긴 일이지만, 그들을 찾아가는 손님들 중에는 한국인도 있기 때문이다.

보통은 일본으로 관광하러 온 사람들 중에서 남자들이 싸게 놀 수 있는 곳을 찾다가 가는 경우가 많았다.

그곳에 한국인 여자들이 잡혀 있다는 사실을 알고 일부는 한국 대사관에 구조를 요청하기도 했다.

"하지만 어째서인지 한국 대사관은 움직이지 않더군요."

홍인정은 얼굴을 팍 찡그렸다.

떡인 줄 알고 처먹으려고 했는데 떡이 아니라 똥이었으니까.

"그건 저희가 어찌할 수 없는 영역입니다. 이미 그들은 계약서를 쓰고 들어온 사람들이고……."

"역시 알고 계셨군요."

홍인정은 아차 싶었다.

모른 척했어야 했는데 알은척하는 바람에 알고 있으면서도 방치했다는 게 드러났기 때문이다.

"왜 신고하지 않으셨습니까?"

"아니, 그들은 성매매를 위해 일본으로 들어온 사람들입니다. 그들을 도와주기에는 업무가 너무 바쁘고……."

"성매매로 처벌받는 것과 그 사람들이 성 노예로 잡혀 있는 건 별개의 건 아닌가요?"

"아니, 사회적인 이미지가 그렇지 않습니까? 결국 성매매 여성일 뿐인데……."

"성매매 여성이기 이전에 대한민국의 국민이지요. 범죄를 저지른 게 사실이라고 해도 그에 상응하는 처벌을 내려야 하지, 그들을 보호권에서 내치는 것은 불법입니다."

홍인정은 어떻게 해서든 변명해 보려고 노력했지만 이미 법리적으로 불가능하다는 걸 뼈저리게 느끼고 있었다.

상대방은 일반인도 아니고 변호사다.

일반인이라면 너 따위가 뭘 아느냐고 경비원을 불러서 끌어내면 그만이지만, 지금 눈앞에 있는 자는 변호사인 데다 세계적인 권력자에 대통령을 독대할 수 있는 사람이기까지 했으니 그가 어떤 거짓말을 해도 막힐 수밖에 없었다.

"그래서 곰곰이 생각해 봤는데요."

노형진은 스윽, 턱을 문지르면서 말했다.

여기서 마법의 대사 한마디면 그는 코너에 몰리니까.

"얼마 받으셨어요?"

"네?"

"저희가 조사하다 보니 못해도 수천 명이 잡혀 있는 것 같던데, 그런 엄청난 일을 대사관에서 모른 척한다는 건 말이 안 되잖습니까. 그러다가 생각해 보니 한 가지 가능성이 있더군요. 야쿠자들한테서, 얼마 받으셨습니까?"

순간 홍인정의 눈이 크게 뜨였다.

직감적으로 외통수에 걸렸다는 사실을 안 것이다.

여기서 부정한다? 하지만 신고를 무시한 것은 너무 확실하다.

그렇다고 긍정할 수도 없는 게, 자신이 왜 야쿠자에게 돈을 받는단 말인가?

단순히 귀찮아서 일을 하지 않은 것뿐이지만 이 사실이 알려지는 순간 자신은 일제강점기 조선 여성들을 끌어다가 일본에 가져다 바친 조선인 순사가 되는 꼴이다.

"돈 안 받았습니다. 진짜예요."

"그런데 왜 대사관에서는 범죄의 피해자인 여성들을 보호하지 않았습니까?"

"아니, 그러니까……."

아무리 변명해도 노형진이 만든 함정에서는 빠져나갈 수가 없었다.

'물론 돈을 받았다는 증명은 못 하지만.'

하지만 진짜로 돈을 안 받았을까?

'그럴 리가 있나.'

그는 분명 돈을 받았다.

물론 진짜 야쿠자에게 돈을 받은 건 아닐 것이다.

하지만 주일 한국 대사라는 그의 위치상 일본에서의 편의를 위해서 돈을 주는 한국 기업도 있을 테고, 또한 특혜를 받기 위해 돈을 주는 일본의 기업도 있을 것이다.

'코에 걸면 코걸이, 귀에 걸면 귀걸이.'

그 돈이 깨끗하게 들어온 돈이 아닌 만큼 계좌 조사 등을 하기 시작하면 드러날 수밖에 없을 테고, 당연하게도 그는 그 돈이 성 노예를 눈감아 주는 조건으로 야쿠자에게서 받은 게 아니라는 걸 증명할 방법이 없다.

즉, 이 영상이 공개되는 순간 그는 어떤 방식으로든 사회적으로 죽는 것이나 다름없게 된다는 뜻이다.

'가진 게 많을수록 그게 더 두려운 법이지.'

다른 곳도 아닌 일본이다.

아무리 그동안 일본과 여러 차례 분쟁을 겪으면서 소원해졌다지만 그래도 일본은 한국에서는 1급 발령지, 즉 미래가 창창한 사람들이 오는 곳이었다.

운이 좋다면 미래의 외교부 차관이나 장관까지 노릴 만한 자리.

그런데 거기서 이런 문제를 일으켰다?

사회적으로 얼굴이 공개되고 달리 취업조차 하지 못하게 될 것이다.

"오해입니다. 진짜 오해입니다. 저희가 몰라서 그런 거지 알고 그런 게 결코 아닙니다."

"모를 리가요. 이미 신고 기록을 확인했습니다. 그리고 본인이 아까 말씀하시지 않았습니까, 어차피 성매매 하러 온 사람들이라고."

"그건……."

땀을 뻘뻘 흘리는 홍인정.

그때 노형진이 갑자기 소리를 버럭 질렀다.

"컷!"

"컷?"

엉뚱한 말에 홍인정은 당황해서 주변을 두리번거렸다.

자신도 모르는 카메라가 있나 해서였다.

하지만 다른 곳도 아닌 대사관에 카메라를 설치하는 미친 놈이 있을 리가 없다.

당장 보이는 카메라는 서진규가 가지고 온 카메라가 유일했다.

"여기서 대사님께 기회를 드리겠습니다."

"기회요?"

"네. 이 문제를 일본 정부에다가 이야기하시고, 국제사회에 널리 퍼트려 주세요."

"국제사회에?"

"그렇습니다. 그러면 아까 촬영한 영상은 영원히 사라질 겁니다."

"아까 촬영한 영상이라고요? 그러면 새로 촬영한단 말입니까?"

"그렇습니다. 뭐, 이런 주제 정도면 괜찮겠네요. 그 말이 사실이냐? 나는 몰랐다, 이 문제는 대한민국 대사로서 필히 해결하겠다, 필요하다면 국제사회에 도움도 요청하겠다."

즉, 쇼를 하겠다는 거다.

"제대로 하시면 이제부터 촬영하는 게 나갈 테고, 제대로 안 하시면 방금 전까지 촬영한 게 나갈 테고."

노형진의 말에 홍인정은 침을 삼켰다.

선택지는 없었다.

"하지만 국제사회에 도움을 요청하는 것도 합당한 이유가 있어야 합니다. 국제사회처럼 기브 앤드 테이크가 강한 곳도 없기 때문에……."

노형진은 자신의 말을 바꿨다.

"그러면 말을 정정해야겠네요. 국제사회에 협조를 요청하는 게 아니라, 국제사회와 공조한다는 표현이 맞겠네요."

"공조요?"

"성매매 하러 왔다가 잡혀서 성 노예가 된 사람들이 전부 다 한국인인 건 아니지 않습니까?"

"……!"

한국 사람이 일본에 와서 성매매 하는 이유는 과거를 감추기 쉽기 때문이다.

현실적으로 한국이 일본을 상당히 많이 따라잡았기 때문에 버는 돈은 그다지 큰 차이가 나지 않는다.

"하지만 다른 동남아 국가들은 아니죠."

동남아 국가 사람들 입장에서는, 일본에서 일반 노동을 해도 적지 않게 벌 수 있다.

그런데 성매매를 하면 단시간 내에 그야말로 어마어마하게 벌 수 있다.

마치 1980~1990년대에 한국의 여자들을 속여서 데려갈 때 했던 말처럼.

"그들과 손잡으면 되지 않습니까?"

"그게 그렇게 쉽지 않습니다. 상당수 동남아 국가들이 일본에 경제적으로 예속되어 있기 때문에 우리 입장에서는 어떻게 할 수가 없단 말입니다."

실제로 민간에서 만든 위안부 소녀상을 정부에서 때려 부순 적이 있을 정도로, 동남아 국가들은 일본의 눈치를 상당히 많이 보는 편이다.

"그 부분은 제가 조금 도와드리죠."

"도와주신다고요?"

"그렇습니다. 적당한 응원군이 적당한 시간에 나타날 겁니다."

노형진은 자신 있게 단언했지만 이 말만으로는 당장 아무것도 달라지는 것이 없기에 홍인정은 떨떠름하게 물었다.

"만일 제가 거절하면요?"

"새로운 대사님이 오시는 거죠, 저랑 사이좋게 손잡으실 만한."

"……알겠습니다."

홍인정은 결국 자신의 패배를 인정했다.

"처음부터 시작하면 되겠습니까?"

"네. 그러면 새롭게 인사부터 할까요?"

노형진은 씩 웃으며 말했다.

⚖

"그냥 협조를 요청하면 안 되는 것이었나요?"

서진규는 떨떠름한 표정이 되었다.

다른 사람도 아닌 대한민국의 대사를 협박하다니.

아마 누가 들었다면 미친놈이라고 했을 것이다.

"그러면 절대 도와주지 않았을 겁니다."

"어째서요?"

"일본은 이런 문제에 대해 무척이나 예민하거든요."

일본은 자신들이 더럽고 타락한 존재라는 것을 인정하려고 하지 않는 나라다.

그들은 기본적으로 잘못을 인정하고 사죄하는 게 아니라

감추고 모른 척하려 한다.

"이 문제를 키우게 되면 일본은 정치적으로 민감해질 수밖에 없습니다."

당연히 그걸 드러낸 사람에게 적대적으로 나올 수밖에 없다.

"일본의 성향을 생각하면, 설사 그 제보자가 다른 나라의 대사라고 해도 보복합니다."

죽이거나 하지는 못하겠지만 협조하지 않는 방식으로 보복하는 건 어렵지 않은 일이다.

"단순히 귀찮음의 문제가 아니라 대사로서 홍인정의 활동에 직접적으로 피해가 가기 시작할 게 뻔한데 홍인정이 과연 경찰에 신고할까요?"

당연히 안 한다.

실제로 정치적 문제로 버림받는 국민들은 어마어마하게 많다.

미국조차도 정치적 문제가 예민하다 싶으면 국민들의 보호에 신경 쓰지 않는다.

정치적으로 도움이 되면 그곳이 남의 나라든 어디든 간에 특공대를 보내서 다 죽이고 구해 오겠지만, 정치적으로 도움이 안 되면 모든 걸 조용히 넘기는 것이 현실.

"어쩔 수 없는 현실입니다."

"으음……."

"그리고 아무리 일본 정부와 야쿠자라고 해도 국가 단위에서 압력이 내려오면 아마 곤란하겠지요."

그리고 그게 노형진이 바라는 바였다.

⚖

대사관의 일은 단순히 서류 업무만 있는 게 아니다.

대사관에서는 파티가 많이 벌어지고, 각 나라의 대사들은 그런 파티를 열심히 다닌다.

일견 일은 하지 않고 노는 것처럼 보이지만 사실 그것도 업무의 영역이다.

비공식적으로 할 말은 그런 곳에서 나오기 마련이니까.

주일 베트남 대사관. 그곳에 간 홍인정은 주변을 둘러봤다.

각 나라의 대사들이 있었고, 각자 어울리면서 이야기하고 있었다.

"휴우."

홍인정은 그걸 보고 긴 한숨을 내쉬었다.

그가 곧 해야 할 일이 앞으로 자신을 얼마나 힘들게 할지 알기 때문이다.

하지만 방법이 없었다. 모든 걸 다 빼앗기고 쫓겨나는 것보다는 일이 힘든 게 나으니까.

"미스터 뚜언, 오랜만입니다."

"홍 대사님도 건강하신가요?"

홍인정은 일단 필리핀 대사인 뚜언에게 다가갔다.

대부분의 동남아 국가들은 일본과 친밀하다.

일본의 경제가 몰락하면서 그래도 거리가 좀 생기기는 했지만 그렇다고 해서 그들의 사이가 갑자기 확 틀어진 건 아니었다.

그나마 필리핀은 한국과 비슷한 일을 당했고 상대적으로 일본의 투자가 약한 덕분에 다른 나라보다는 좀 사이가 멀었다.

"저야 뭐……."

"안색이 안 좋으십니다. 무슨 일이 있습니까?"

"아무래도 이 문제는 뚜언 대사님 역시 알아야 할 것 같아서요."

홍인정은 슬쩍 이야기를 꺼냈다.

"무슨 일이기에요?"

"아무래도 일본 내부에서 일부 범죄 조직들이 외국인 여성들을 성 노예로 가두어 두고 있는 것 같습니다."

뚜언의 얼굴이 상당히 불편해졌다.

그럴 수밖에 없는 게, 구 일본군을 겪어 본 나라는 그 문제에 예민할 수밖에 없기 때문이다.

더군다나 일본군 성 노예의 경우 한국보다 동남아 사람들의 피해가 더 클 수밖에 없었다.

한국에서 끌고 동남아로 가는 것보다는 현지에서 조달하는 게 훨씬 편하니까.

"그게 무슨 말입니까? 납치라도 벌어지고 있다는 말입니까?"

"그런 것 같습니다."

홍인정은 노형진에게 들은 말을 자신에게 유리하게 포장해서 이야기를 전했다.

자신이 협박당했다고 할 수는 없으니까.

"아시다시피 동남아 국가들과 우리는 이런 문제에 예민하지 않습니까?"

"그건 그렇습니다만……."

떨떠름하게 말하는 뚜언.

그럴 수밖에 없는 게, 그가 하는 말이 정치적으로는 엄청나게 부담스러운 일이니까.

아무리 뚜언이 바른 일을 하고 싶다고 해도 일본의 눈치를 보지 않을 수는 없다.

어찌 되었건 일본은 가장 큰 투자국 중 하나이니 잘못해서 그들의 심기가 뒤틀리기라도 하면 그 뒷감당은 그와 필리핀이 해야 하니까.

실제로 숫자로 보면 한국보다 더 많은 피해를 입은 동남아 국가들이 일본에 제대로 저항하지 못하는 것은 그러한 현실적인 문제가 있기 때문이다.

"이 문제는 같이 해결해야 하지 않겠습니까?"

"미안합니다."

뚜언은 다급하게 자리에서 벗어났다.

뚜언이 멀어지자 홍인정은 주변의 다른 동남아 국가 대사들에게 접근해서 슬쩍 정보를 흘렸지만, 모두들 말을 듣기 무섭게 자리에서 이탈해서 멀어져 갔다.

이쪽과 손잡고 문제를 해결하려 하기는커녕 도리어 거리를 두고 이야기를 하지 않으려는 티가 팍팍 났다.

'도와준다며?'

이에 도와준다던 노형진을 원망하는 홍인정.

아무리 봐도 도와줄 사람은 아무도 없었고, 결국 남은 것은 혼자였다.

그에게 도움의 손길을 내민 것은 전혀 예상하지 못한 곳이었다.

⚖

전 세계에서 가장 많이 인권을 생각하는 나라가 어디일까?

미국? 아니다.

한국? 아니다.

인권이라는 개념을 어떻게 보느냐에 따라 다소 달라질 수는 있지만, 보통 인권에 대해 가장 심각하게 생각하는 나라는 다름 아닌 프랑스다.

프랑스는 애초에 혁명으로 탄생한 국가이기 때문에 개개인의 권리에 대한 국가 또는 집단의 침해 사례를 아주 심각하게 받아들인다.

어느 정도냐면, 과거에 대한민국이 사형을 집행할 당시에 가장 불만을 드러내며 항의했던 나라가 바로 프랑스였다.

남의 나라 사형 문제에 왜 신경을 쓰냐고 누군가는 뭐라고 할지 모르지만, 그만큼 프랑스에서는 인권 문제로 심각하게 받아들였다.

'오죽하면 대한민국 방역에 대해 인권 침해라고 떠드는 변호사가 나올까.'

한국에서는 감염자의 동선을 확인하고 주변 인물을 검사하는 게 당연한 일이었지만 프랑스에서 보기에 그건 심각한 인권 침해였던 것.

그런 프랑스에서 가장 강력하고 극렬하며 힘이 있는 인권 단체는 자유인간동맹이라는 곳이었다.

어느 정도로 극렬하냐면, 자연보호에 그린피스가 있다면 인권 단체에는 자유인간동맹이 있다고 할 정도였다.

"이게 사실입니까?"

노형진이 서진규와 함께 촬영하여 증거로 모은 것들을 가지고 찾아가자, 그들은 믿을 수 없다는 표정이 되었다.

동남아와 한국 등지에서 속아서 끌려간 사람들이 일본에서 강제로 성 노예 노릇을 하고 있다는 사실에 경악을 금치 못한 것이다.

"그렇습니다. 러시아나 중국 같은 강대국 소속도 있지요."

노형진은 자유인간동맹의 대표인 르네에게 고개를 끄덕거리며 말했다.

"이런 걸 각 나라가 놔둔다고요?"

"현실적인 이야기를 해 보지요. 아마 르네 씨도 아실 겁니다. 아시아 국가들이 가장 우선시하는 것은 자유나 인권이 아니라 돈입니다. 가난한 나라에서부터 부자 나라까지, 그건 모두에게 현실이지요. 당장 얼마 전 중국 사건 아시지요? 그 사건을 보면서 무슨 생각이 드셨습니까?"

"이해가 갑니다. 중국에서 그렇게 외국인들을 납치해서 노예로 쓸 거라고는 상상도 못 했으니까요."

르네는 부르르 떨었다.

피해자 중에는 프랑스 사람이 세 명이나 있었는데, 그 당시 구출된 사람들의 증언에 따르면 두 명이 더 있었다고 인터뷰에서 나왔었다.

그 때문에 프랑스에서 중국 대사를 불러 항의하고 난리도 아니었다.

"중국이 돈을 목적으로 남성의 노동력을 착취한 거라면, 일본은 돈을 목적으로 여성의 성을 착취하고 있습니다."

"도무지 용서할 수 없는 일입니다. 정치적 목적과 상관없이 인간의 최소한의 기본권은 지켜져야 합니다."

르네의 말에 노형진은 고개를 끄덕거렸다.

"그 때문에 온 겁니다. 그들로부터 자유로운 것은 유럽 정도니까요."

특히 프랑스는 일본에 절대적인 우위를 가지고 있다.

일본은 옛날부터 프랑스를 동경해 왔다.

탈아입구脫亞入歐라는 말처럼 그들은 유럽을 동경해 왔는데 그 대표 격이 바로 프랑스였다.

오죽하면 프랑스의 파리에 와서 생각보다 더럽고 후지다고 생각해서 충격을 받는 파리 증후군이라는 특유의 증상이 있을 정도였다.

"프랑스의 인권 단체가 일본에서 충격을 준다면 그들은 안전하게 풀려날 수 있을 겁니다."

자유인간동맹은 전 세계적인 규모의 인권 단체. 그런 그들이 움직이기 시작하면 다른 인권 단체도 자연스럽게 움직일 것이다.

"일본이라……. 확실히 그건 좋은 생각인 것 같군요."

일본이 전 세계적으로 많은 기부를 하는 것은 사실이다.

하지만 정확하게는 '했던 것'이라고 표현해야 할 것이다.

어마어마한 빚더미에 앉은 일본은 더 이상 돈을 지불할 능력이 되지 않았고, 어느 정도 빚을 갚는 동안은 외부 지원을 사실상 진행하지 않기로 했기 때문이다.

더군다나 일본의 기부는 기본적으로 권력 추구형에 가까웠다.

즉 문제가 될 만한 자들에게 돈을 뿌리고 입을 막는 게 목적이었는데, 그 탓에 인권에 대한 기부는 거의 제로라고 해도 무방할 정도였기에 인권 단체들은 일본에 대해 어떠한 심적 부담도 없었다.

"당장 규탄 시위를 하도록 하지요."

'그러면 곤란하지.'

노형진은 속으로 쓴웃음을 지었다.

아무리 프랑스에서 규탄 시위를 한다고 해도 일본에 그다지 큰 충격은 주지 못한다.

일본은 극도로 폐쇄적인 나라다.

그러니 그런 나라를 규탄하는 시위를 프랑스에서 한다 한들 압력을 주기는커녕 신경조차 쓰지 않을 것이다.

그건 일본이 세계적으로 압력을 받길 원하는 노형진의 의도에 어긋난다.

"르네 씨, 제가 원하는 것은 좀 더 강렬하고 사람들의 기억에 남는 퍼포먼스입니다. 물론 자유인간동맹을 무시하는 것은 아닙니다만, 설마하니 프랑스에서 시위 좀 한다고 해서 일본이 데리고 있는 그 사람들을 풀어 줄 거라 생각하시는 것은 아니겠지요?"

"그렇다면 저희들이 뭐, 누드 시위라도 하기를 원하시나요?"

르네는 약간 불편한 시선이 되었다.

그럴 수밖에 없는 게, 그녀는 자유인간동맹의 대표로서 누드 시위 같은 건 그다지 좋게 보지 않는 사람이었기 때문이다.

"그러한 행동 역시 한편으로는 인권침해입니다. 누드 시위를 하면 사람들이 가지는 관심은 그 사건 자체가 아니라 그 시위에 참가하는 여성들의 몸매가 되어 버립니다. 잠깐의 관심을 일으키기 위해 할 수야 있겠지만 그러한 시위는 오래가지 못합니다. 미안하지만 그런 걸 원한다면 다른 곳을 찾아보세요. 저희는 순수하게 인권을 추구하는 사회단체입니다."

살짝 화가 난 표정이 되는 르네.

노형진은 그런 르네를 다독거렸다.

"르네 씨, 오해는 하지 마세요. 저도 그런 어설픈 시위는 싫어합니다. 시위의 핵심은 충격이지요."

"본질을 정확하게 이해하시는군요."

'그럼, 내가 설계한 시위가 몇 개인데.'

10만 명이 모여서 시위해도 화제가 되지 않으면 그건 실패한 거고, 단 열 명이 모여서 시위해도 그게 언론의 중심이 된다면 성공한 거다.

애초에 누드 시위는 그러한 관점에서 충격을 이끌어 내기 위한 도구로 만들어진 거다.

그 당시만 해도 여성의 신체를 드러내는 것은 아주 충격적인 방법이었으니까.

하지만 시간이 흘러 여성의 신체를 드러내는 것이 그다지 터부시되지 않는 시대가 되면서, 사람들의 관심은 그 시위 자체보다는 거기에 참석하는 여성 참석자들의 몸매에만 쏠

리게 되었다.

그런 점에서 현대사회에서 누드를 이용한 시위는 아무런 의미가 없는 행동 중 하나였다.

"제가 원하는 건 충격입니다. 세계의 관심을 이끌어 낼 수 있는 충격."

"그게 쉽지는 않습니다, 미스터 노."

전 세계에서 관심을 가질 정도의 충격을 주려면 뭔가 확실한 퍼포먼스가 있어야 한다.

그런데 자극적인 시대인 현대에 어지간한 퍼포먼스는 아무런 효과도 없다.

"100만 유로 정도면 되지 않겠습니까?"

"그게 무슨 말이지요? 저희한테 100만 유로를 지원해 주시겠다는 건가요? 그래 주신다면 감사하기는 하지만, 퍼포먼스는 돈만으로 구현할 수 있는 게 아닙니다."

노형진은 고개를 흔들었다.

"그게 아닙니다. 100만 유로를 가지고 일본에 가서 잡혀 있는 성 노예들을 사 오시면 되는 겁니다."

"미스터 노, 그게 말이 된다고 생각하십니까? 저희는 인권단체이지 인신매매 단체가 아닙니다."

"알고 있습니다."

노형진은 고개를 끄덕거렸다.

세계가 일본의 성 노예 문제에 관심을 가지게 하려면 돈으로는 안 된다.

사실 100만 유로면 한국 돈으로 13억 원 정도다.

당장 홍안수와 자유신민당이 사람을 동원해서 시위를 할 때에도 그것보다는 더 많이 썼다.

다만 그 시위가 워낙 뻔하게 보이는지라 거의 힘을 못 써서 그렇지.

"현재 일본의 상태를 아십니까, 르네 씨?"

"알고 있지요. 어찌 되었건 인권은 돈과 연관되어 있으니까요."

여유가 있으면 인권의 가치가 높아지고, 여유 없으면 인권의 가치는 하락한다.

물론 일본처럼 잘사는 나라에서 인권의 가치가 이렇게 낮은 경우는 드물지만.

"100만 유로를 엔화로 바꾸면 대략 1억 2천만 엔입니다."

"그런데요?"

"그걸 3만 엔씩 나눈다면 4천 명에게 나눠 줄 수 있는 돈이 되지요."

일본 화폐 기준으로 3만 엔이면 한국 돈으로 33만 원. 절대 작은 돈이 아니다.

"이걸로 퍼포먼스를 해 주십시오."

"어떤 퍼포먼스 말인가요? 돈이라도 뿌려 달라는 건가요?"

"비슷합니다. 노예 상인으로 분해서 일본으로 가세요. 그리고 천이백 명에게 100만 엔씩 주면서 노예를 산다고 하시면 됩니다."

"그게 무슨 말이지요? 그들을 노예로 삼으라는 건 아닐 테고."

"대표성을 가진 사람에게 노예 문제를 정확하게 들이밀라는 겁니다."

처음에는 일왕궁으로 가서 그 돈을 들이밀며 잡혀 있는 성 노예들을 이 돈으로 사겠다고 퍼포먼스를 한다.

일왕이 그 돈을 받을 리가 만무하니 그다음 타깃은 총리가 된다.

당연히 총리 관저에서도 실패할 것이다.

그러면 그다음은 일본 경시청으로 가서 퍼포먼스를 한다.

당연히 그쪽도 그 돈을 받지는 않을 것이다.

그러나 그렇게 세 곳을 다니고 나면 모든 언론에서 관심을 가질 수밖에 없다.

일본 언론에서는 애써 시선을 돌리겠지만 외국 언론에서는 당연히 관심을 가지게 될 것이다.

"마지막으로 이 돈을 4천 명분으로 쪼개어 특정 장소에서 나눠 주는 겁니다. 일본의 대표들에게 시도했지만 실패했다, 그러나 일본은 민주주의국가이니 나라의 주인은 국민인 만큼 국민들에게 이 돈을 나눠 주고 일본에 잡혀 있는 타국의 성 노예 해방을 촉구한다, 이게 제가 원하는 퍼포먼스입니다."

이것이 법이다

그 말을 듣고 있던 르네는 입을 쩍 벌렸다.

자신이 오랜 시간 인권을 위한 시위를 해 왔지만 이것처럼 강렬하고 충격적인 퍼포먼스는 들어 본 적도 없기 때문이다.

그 정도 퍼포먼스를 한다면 언론에서 마냥 무시하기도 힘들다.

물론 일본 언론은 무시하겠지만 다른 나라에서는 절대 무시 못 할 일이다.

"더군다나 일본은 지금 상황이 안 좋습니다."

정치적 상황은 둘째 치고 경제적 상황은 말 그대로 코너에 몰려 있다.

야베와 그 일파의 뒤를 캐어 그들이 해 처먹은 어마어마한 감춰진 돈을 찾아내는 데에는 성공했지만, 그 돈으로도 그들이 일본 경제를 박살 내면서 뚫어 놓은 구멍을 막는 것은 불가능했다.

오죽하면 국제사회의 영향력이 축소되는 걸 알면서도 그동안 국제사회에 내던 돈을 내지 않기로 했겠는가?

현재 일본의 상황은 단순히 먹고사는 문제가 아니라 생존을 위한 몸부림이나 다름없었다.

"그건 국가뿐만 아니라 국민에게도 부담이 되고 있습니다."

나라에 돈이 많다고 국민들이 모두 부자가 되는 것은 아니다.

일본은 당장 실업자도 넘쳐 나며 당연히 국민들은 돈이 없는 상황이다.

시간이 지나고 경제가 발전하면 실질소득이 늘어나는 게 정상이지만, 일본은 1990년대부터 실질소득이 줄어들기 시작했고 현재는 한국에 따라잡혔다.

"당연히 그 돈이 필요한 사람이 있습니다."

1억 2천만 엔. 그 돈을 4천 명에게 나눠 준다 하면 원하는 사람들은 모두 모여들 수밖에 없다.

그런데 과연 딱 4천 명만 모일까?

분명 그 이상의 숫자가 모일 것이다.

그러니 그들이 진실을 알고 이야기하는 것 자체가 일본에서는 부담스러울 수밖에 없다.

"충격이라는 건 이렇게 주는 겁니다."

그 충격을 받을 대상을 특정하고 그들에게 직접적으로 힘을 투사하는 것이 노형진이 공격하는 방식이었다.

"가능하겠습니까?"

"충분히요."

르네는 고개를 끄덕거렸다.

"제대로 세상을 뒤집을 수 있을 것 같네요, 호호호."

⚖

노형진은 바로 시위 사실을 인터넷에 올렸다.

정확하게는 일본과 주요 언론에 알렸다.

당연하게도 주요 언론은 일왕궁과 총리 관저까지 가서 취재에 나섰다.

선진국이라는 가면을 쓴 일본에 여전히 성 노예가 있다는 것은 언론에서 중요하게 다룰 만한 일이었다.

더군다나 일본은 과거에 전쟁에서 성 노예를 운용한 전력이 있는 나라이다 보니 그와 관련된 말이 나올 수밖에 없었다.

전 세계는 그 문제를 이야기하기 시작했고, 일본 정부는 그로 인해 압박을 받아야 했다.

하지만 정작 일본 내부는 다른 이유 때문에 관심을 가지고 있었다.

그건 바로 르네가 제시한 '돈'이었다.

일본 정부에서 어떻게 해서든 감추려고 하고 언론을 통해 압력을 행사한다고 해도, 현실적으로 돈을 얻을 수 있는 기회는 절대 포기할 수 없는 것이었다.

물론 돈을 주면서 시위하라고 하면 그 정당성에 심각한 문제가 될 수 있다.

그러나 자유인간동맹에는 노형진이 있었다.


이번 시위는 단순히 일본에 잡혀 있는 사람들에 대한 구출 시위가 아닙니다. 자본주의에 잡혀 있는 모든 인간을 위한 시위입니다.

어느 틈엔가 자본주의가 주인이 되어서 인간의 존엄을 말살하고 최소한의 인권조차 파괴하고 있습니다.

그것이 이번 일의 원인입니다.

이에 저희 자유인간동맹에서는 인류가 잠깐이나마 자본에서 벗어나 자유와 기본 인권을 누릴 수 있도록 하고자 합니다.


저 말에 대부분의 사람들은 수긍할 수밖에 없었다.

실제로 대부분의 사람들은 돈 때문에 일하고 돈 때문에 인생이 추락하니까.


ㅡ설마 정부에서 저 돈을 받지는 않겠지?

ㅡ그럴 리가 있냐. 저걸 받는 순간 공식적으로 우리가 성 노예 데리고 있다는 걸 인정하는 건데.

ㅡ근데 야쿠자들이 성 노예를 데리고 있다는 건 사실인 듯.

ㅡ내가 봄.


인터넷은 시끌시끌했다.

돈이라는 것은 사람들의 관심을 끌기에는 완벽했다.

그 때문에 일본의 경시청에서도 곤란할 수밖에 없었다.

"이 상황을 어떻게 해결해야 하겠나? 일본에 외국인 노예가 있다니, 그게 무슨 말도 안 되는 소리야?"

경시청장인 곤도는 정말 말도 안 되는 일이라고 생각했다.

그러나 몇몇 사람들이 그의 말을 듣고 눈치를 살피는 것을 보자 떨떠름한 생각이 들었다.

평소라면 자신에게 온갖 말을 하면서 '청장님 말씀이 맞습니다.'라고 성화할 인간들이 입을 꾹 다물고 있으니까.

"뭐야? 내가 모르는 게 있는 거야?"

"일단…… 공식적으로는 없습니다만."

"공식적으로는?"

"야쿠자들 중 일부가 운영하는 것으로……."

"뭐? 그게 무슨……! 아니지, 아니야. 그놈들이라면 그러고도 남지."

안 그래도 야쿠자들의 힘이 너무 강해서 곤란하다.

여자를 협박해서 강제로 AV를 찍게 만드는 놈들이니 협박으로 성매매를 시키지 못할 이유는 없다.

실제로 그런 사건은 제법 많았고 그 피해자들이 고소하는 경우도 많았다.

"그런데 왜 하필 외국인이야?"

"외국인만 있는 건 아닙니다."

"야, 이……!"

곤도는 욕이 튀어나오려고 하는 걸 애써 참았다.

하긴 여기에서 야쿠자와 손잡지 않은 자들이 얼마나 되겠는가?

야쿠자들과 손잡지 않으면 그다음 날 변사체로 발견되는 게 현실이고, 그걸 수사해야 하는 경시청도 제대로 일을 하지 않으니까.

당장 곤도만 해도 그쪽을 모를 뿐이지 그들과 손잡지 않은 것은 아니다.

"젠장, 도대체 어쩌다가…… . 조센징들은 그런 게 없는 거야?"

"조센징들은 그게 쉽지 않습니다. 옛날에는 있었다고 하는데…… ."

하지만 일본과 다르게 한국은 그렇게 전국을 위협할 만한 폭력 조직이 없다.

서로 알고 지내는 범죄자와 경찰이 없는 것은 아니나 그게 이런 대형 사건을 덮어 줄 정도는 아니었다.

"한국은 일본과 다르게 정보길드가 활발하게 활동하는 곳이라서…… ."

"정보길드?"

"그렇습니다."

정보길드에서는 이런 범죄 조직이 나타나면 돈을 주고 그 정보를 산다.

성매매 하는 것까지는 좋은데, 누군가 한 명이라도 정보길드에 정보를 팔면 조직 자체가 박살이 난다.

더군다나 그들은 잘 모르지만 한만우라는 양성화된 조직이 있고 그들이 그런 뒷세계의 정보를 모아서 경찰과 새론에 넘기고 있기 때문에, 구조적으로 이런 범죄 조직이 성장하는 데 한계가 있었다.

외국인 여성의 성매매를 막을 수는 없지만 최소한 외국인 여성을 성 노예로 삼는 데에는 위험부담이 클 수밖에 없었다.

"후우……."

"어떻게 해야 할까요?"

"어떻게 하긴."

곤도는 어이가 없다는 표정으로 말했다.

"자리 한번 마련해, 이야기해서 풀어 주는 쪽으로."

"하지만 그쪽에서는 그다지 좋아하지 않을 겁니다."

"지금은 어쩔 수 없잖아! 위에서 뭐라고 하는지 알아? 지금 당장 풀어 주라고 난리라고. 그 프랑스의 뭐였지?"

"자유인간동맹입니다."

"하여간 그놈들이 쓴 말 못 봤어?"

그들은 강제로 잡혀 있는 여자들이 일하는 술집에 손님으로 위장해서 사람을 보내겠다고 공언했다.

심지어 새로운 사람을 의심할 것을 대비해서 기존의 손님 중에서 정보를 제공하는 자에게 100만 엔, 즉 천만 원의 포상금을 지급하겠다고 발표했다.

일종의 심리적 압박이다.

스파이를 보내겠다고 하면 새로운 손님은 안 받고 기존의 손님만 받을 것은 당연한 일. 그러니 아예 기존 손님을 이용하겠다는 거다.

100만 엔이면 한화로 대략 1,100만 원 정도. 누군가는 그곳에 대해 몰래 정보를 캐내려고 할지도 모른다.

그러한 부담을 안고 손님을 계속 받자니 그들로서도 골치 아픈 상황일 수밖에 없다.

　"어쩔 수 없어. 일단은 풀어 주고 당분간은 조용히 있으라고 해야지."

　곤도는 짜증스럽게 말했다.

　"이야기해서 자리 한번 마련해. 서로 싸울 수는 없으니까."

⚖️

　"당분간은 조용히 있도록 하지."

　곤도의 말에 안도 히데키는 순간 소름이 돋았다.

　'절대 이런 말이 나오지 않을 거라 생각했는데.'

　그랬기에 노형진에게 시구와 구미에 대해 이야기해 준 것이었다.

　아무리 신고하고 거칠게 항의해도 일본 경찰이 이 문제로 움직이지 않을 걸 알기 때문이다.

　그런데 상황이 바뀌었다.

　'경찰이 움직였다.'

　단순히 풀어 주라는 권고일 뿐이었지만, 수십 년간 알면서도 모른 척해 온 경찰이 그런 말을 꺼냈다는 것은 심각한 일이었다.

　'더군다나 방송도 그렇고.'

일본이 아무리 무섭다고 해도 국제 여론은 더 무서운 법이다.

특히 자유인간동맹을 비롯한 여러 인권 단체에서 동남아 국가들의 수장을 공격하기 시작하자 아무리 대사관이라고 해도 일을 하지 않을 수 없었다.

대놓고 각 나라에, 다른 나라에 잡혀 있는 자국민 노예의 구출에 대해 어떻게 생각하는지 물어봤으니까.

'차라리 구출할 거라고 지원을 요청했으면 모르는데.'

구출을 반대하지 않느냐는 질문을 던졌으니 어떤 정신 나간 정치인이 대놓고 '나는 일본에 잡혀 있는 자국민 성 노예의 구출을 반대합니다.'라고 하겠는가?

당연하게도 반대하는 사람은 없었고, 자유인간동맹은 그들을 구하기 위해서라면서 전 세계적으로 용병 고용을 위한 모금을 하기 시작했다.

즉, 국가에서 나서지 않는다면 민간에서 병력을 사서라도 구하겠다는 말이었다.

"그게 무슨 말인지 알지? 어찌 되었든 그 여자들을 풀어 줄 수밖에 없다는 소리야."

용병이라고 하지만 결국은 민간인이다.

그들이 가게에 몰려가서 난동을 부리면 자연스럽게 일본의 경찰이 출동하게 된다.

그리고 그렇게 출동한 경찰에게 거기에 잡혀 있는 여자들이 도움을 요청하면, 카메라로 촬영되고 있는 상황에서 경찰은 결국 그녀들을 도와줄 수밖에 없다.

일단 그들의 손아귀에서 벗어나면 일본에서 나가는 건 어려운 일이 아니다.

그냥 출국해도 그만이고, 성매매 했다고 자수만 해도 추방되는 건 확실하니까.

"우리도 시끄럽게 하고 싶지는 않으니 이번에는 자네들이 좀 양보해야겠어."

"하지만 시구와 구미에서 저희 말을 들을지 잘 모르겠습니다."

"시구와 놈들이 전부터 좀 말을 안 듣기는 했지?"

"극단적인 성향의 놈들이라서요. 그리고 시구와 구미는 상황이 좋지 않습니다."

그러한 술집으로 조직을 유지하는데, 성매매 여성들이 없어져 버리면 조직이 무너질 가능성이 크다.

아무리 의리니 뭐니 포장해 봐야 결국 폭력 조직도 돈으로 운영되는 것은 마찬가지.

"일단 이야기는 해 보겠습니다. 다른 조직들에도······."

⚖

"아마 시구와 구미는 포기하지 않겠지요."

노형진은 당연하다는 듯 말했다.

"다른 조직들은 몰라도 그들은 아닙니다."

돈이 나올 구멍이 달리 있는 자들은 모르지만 시구와는 아니다.

그렇다면 그들은 절대 여자들을 풀어 주지 않을 것이다.

"사실 이번 사태로 인해 앞으로 여자들을 충당하는 게 어려워졌으니까."

한국뿐만 아니라 다른 나라들도 이번 사태를 심각하게 받아들였고, 해외 취업에 관한 문제를 확실하게 확인하기 시작했다.

술집에서 일하는 거야 국가에서 관리할 수 없지만 해외 출국을 하는 경우에 그러한 안내를 할 수 있게 시스템을 만들어 놨으니, 그것만으로도 많은 여자들이 의심하게 될 테니까.

"그러니 시구와 구미는 절대 풀어 주지 않을 겁니다."

노형진은 서진규에게 차분하게 말했다.

"그리고 그런 놈들도 있어야 서진규 씨에게도 좀 제대로 된 그림이 나오지요."

"그림이 안 나와도 좋으니까 이런 일은 없었으면 좋겠습니다."

"저도 그렇게 생각합니다만, 인간의 욕심은 끝이 없으니까요."

누군가 그랬다.

이 세상에 무한대의 무언가가 있다면 그건 우주와 인간의 욕심뿐일 것이라고.

인간은 전 우주를 지배해도 욕심을 버리지 못할 것이라고.

"제 예상으로는, 시구와 구미는 아마도 풀어 줬다고 하고 여자들을 다른 곳으로 빼돌릴 겁니다."

그러니 그곳을 추적해서 촬영하면 그들을 코너로 몰 수 있을 거라는 것이 노형진의 생각이었다.

"어찌 되었건 그들은 사라져야 하니까요."

"한국인을 건드려서 아주 망하는군요."

노형진은 고개를 흔들었다.

"한국인을 건드려서 그런 게 아닙니다. 범죄자들이 왜 범죄에서 못 벗어나는지 아십니까? 한번 편하게 돈을 벌어 본 경험 탓에 다시 힘들게 일하지 못하기 때문입니다."

외국에서 성 노예를 충당하지 못하게 된다고 해서 그들이 그 가게를 포기할 리가 없다.

"이미 확인해 보지 않았습니까? 그곳에는 한국인과 외국인만 있는 게 아닙니다."

일본에서 사라진 수많은 일본 여성들.

그들 역시 그곳에 잡혀 있었다.

그런 자들에게 국적은 의미가 없다.

2차대전 당시 구 일본군이 데리고 있던 성 노예 중에도 당연히 일본 여성이 포함되어 있었다.

다만 그들은 자국인이기에 저항하지 못하고 있을 뿐이다.

하물며 국가에서도 그 지경이었는데 범죄 조직이 자국 여성을 보호해야 한다고 할 리가 있나.

"이참에 아예 제대로 박멸해야지요."

"하지만 어떻게요? 경찰이 신고해도 안 올 텐데."

그건 이미 확인된 사실이다.

애초에 어떤 가게에서 성 노예를 쓰는지 확인하는 건 어려운 일이 아니었다.

다른 나라였다면 당연히 그 사실을 알자마자 그 술집을 기습해서 구출하는 걸 선택했겠지만, 일본은 그 대신에 야쿠자들을 모아서 이야기하고 보내 주는 것을 선택했다.

누군가는 결과가 같다고, 그러니 무력을 동원하는 건 좋지 않다고 할지도 모른다.

하지만 이건 결과가 같지 않다.

이번 한 번만 풀어 줄 뿐, 그들은 계속해서 같은 범죄를 저지를 테니까.

"어떻게 하긴요. 이미 인터넷에다가 말해 놓지 않았습니까."

"네?"

서진규는 깜짝 놀랐다. 인터넷에서 말한 게 뭔지 기억났기 때문이다.

"용병을 구한다고요? 진짜로요?"

"네, 용병을 구할 겁니다."

"하지만 그러면 충돌을 피할 수 없을 겁니다."

"그게 목적입니다만."

충돌은 피할 수 없다. 그건 경찰도 마찬가지.

그리고 경찰은 자기 시선에서 벗어났다고 거리를 둘 수가 없다.

"용병을 구한다는 말을, 저들은 아마 심리적인 압박을 위한 사기라 생각하고 있을 겁니다. 하지만 법적으로 돈을 받은 이상 그에 맞는 사람을 구해야 합니다. 그걸 위해 동남아에서 그렇게 촬영한 것 아닙니까?"

동남아에서 딸이 일본으로 갔다가 실종된 사람들을 찾아서 인터뷰하고 그걸 뉴스로 내보냈다.

그걸 보고 많은 사람들이 용병을 구하기 위한 모금에 나섰다.

"심리적인 게 아니라, 이 돈으로 용병을 구하지 않으면 그게 문제가 됩니다. 허위 사실을 이용한 모금이 되어 버리거든요."

모금할 때 특정 목적을 언급하면 모금한 돈은 반드시 거기에 써야 한다.

그래서 모금 단체에서 모금할 때 정확한 목적을 고지하지 않는 것이다.

그래야 자기들 마음대로 돈을 써도 문제가 안 생기니까.

"하지만 이번 경우에는 명확하게 밝히고 모금을 했지요."

당연히 모금이 될 것이다.

"하지만 그 용병이 많이 구해질까요? 괜스레 어설프게 사람을 썼다가 도리어 야쿠자들이랑 엮이면 그쪽도 곤란할 텐데 과연 올지……."

"전투 병력이 왜 야쿠자 눈치를 봅니까?"

"전투 병력요?"

"민간 군사 기업들이 있지 않습니까?"

"하지만 그들은 전투를 목적으로 만들어진 집단 아닌가요?"

다른 나라도 아닌, 평화로운 일본이다.

거기서 총격전을 벌이거나 할 일은 없으니 그들까지 쓰는 것은 좀 과한 감이 있다.

"맞습니다. 하지만 그들은 올 수밖에 없습니다."

"어째서요?"

서진규는 이해가 가지 않았다.

전투를 벌일 것도 아닌데 그런 자들이 일본에 와서 뭘 어쩐단 말인가?

하지만 노형진은 몇 번이나 그들과 일했기 때문에 그들의 성향에 대해 잘 알고 있었다.

"전투가 아니니까요. 그래서 오는 겁니다."

"네?"

"전 세계적으로 민간 군사 기업이 한두 곳이 아닙니다. 기업이라는 곳은 결국, 경쟁을 피할 수 없지요. 문제는, 민간 군사 기업은 홍보하기가 애매하다는 겁니다."

방송에 출연해서 대놓고 '죽여 드리겠습니다.'라고 할 수는 없다.

결국 다른 방법을 찾아야 하는데, 그걸 찾는 건 쉬운 일이 아니었다.

"하지만 이번 일은 전 세계에서 알고, 또 주목하고 있지요."

민간 군사 기업의 이미지는 사실 좋을 수가 없다.

말 그대로 용병. 목숨을 돈으로 바꾸는 사람들이니까.

적이든 자신이든 말이다.

"토마호크 쪽과는 이야기가 끝났습니다. 그쪽에서 일단 일본 진입을 시도는 해 볼 생각입니다."

노형진이 만든 인디언들의 민간 군사 기업인 토마호크.

그들이 이미 일본으로 넘어오기로 되어 있는 상황.

그들이 넘어오면 그때부터 제대로 일이 진행될 것이다.

"대놓고 온다고요? 그러면 일본에서 입국을 안 시켜 줄 것 같은데요."

"그것도 알고 있습니다."

노형진은 고개를 끄덕거렸다.

"일본이 입국을 시키든 안 시키든, 그건 상관없습니다. 결국 목적은 이루어졌으니까요."

노형진은 피식 웃으며 말했다.

⚖

토마호크의 전투 요원 이백 명이 일본으로 입국한다는 뉴스는 전 세계를 뜨겁게 달구었다.

토마호크의 전투 요원 이백 명은 당장 진행 중인 업무가 없는 가용 인력 전부였고, 당연히 토마호크는 이번 작전을 위해 모든 준비를 마쳤다고 미국에서 기자회견을 하고 출발했다.

민간 기업에서 공식적으로 하는 첫 구출 작전.

사람들은 누군가를 구하는 존재를 영웅으로 받아들인다.

그런 영웅들이 현실에 나타났으니 관심을 가질 수밖에 없다.

하지만 그 관심과 별도로, 일본으로서는 도무지 받아들일 수가 없는 사람들이었다.

자국 내에서 대놓고 폭력 행위를 하겠다고 들어오는 사람들을 받아들이는 나라는 전 세계 어디에도 없다.

"입국 불허입니다."

공항에서 입국 불허를 통보한 일본인 직원은 땀을 삘삘 흘리고 있었다.

건장한 이백 명의 남자들이 자신을 잡아먹을 듯이 바라보는 것도 부담스러운데, 이 상황을 예상이라도 한 건지 전 세계에서 몰려든 기자들 때문에 실제로 열이 나기도 했으니까.

"일본에서는 그러면 성 노예로 잡혀 있는 사람들을 구할 생각이 없는 건가요?"

"……."

"일본을 대표해서 할 말이 있습니까?"

"……."

"그러면 일본은 성 노예를 국가적으로 인정하는 겁니까?"

"……."

계속되는 질문들.

직원은 울 것 같은 표정이 되었다.

'왜 나한테 그러는데!'

그는 그저 공항의 일개 직원일 뿐이다.

국가 정책에 대해서는 관심도 없고, 안다 해서 뭘 말할 수 있는 처지도 안 된다.

"저는 그런 걸 말할 입장이 아닙니다. 다만 여러분들에게 입국 불허가 났을 뿐입니다."

그는 그렇게 말하고 다급하게 도망갔다. 그리고 그 장면은 전 세계로 중계되고 있었다.

⚖

─물의를 일으켜서 죄송합니다.

방송에 나와서 무릎을 꿇고 빌고 있는 남자.

그는 공항에서 입국 불허 결정을 통지한 남자였다.

그가 도망가는 장면이 전 세계에 나갔고, 그는 일본의 명예를 더럽혔다는 이유로 방송에서 한국식으로 표현하자면 석고대죄를 하고 있었다.

이것이 법이다

"일본 애들은 진짜 이해가 안 가."

노형진은 고개를 절레절레 흔들며 방송을 껐다.

그가 무슨 말을 할 수 있는 처지가 아니라는 건 조금만 생각해 봐도 알 수 있다.

그런데 거기다 대고 너는 일본의 명예를 실추시켰으니 죽어야 한다고 공격한다니.

"일본은 좀 그런 게 있지요. 문제가 생기면 약자에게 그 책임을 모두 뒤집어씌우고 덮어 버리는."

신동하는 노형진의 말에 씁쓸하게 말했다.

"뭐, 이번도 그렇게 될 것 같습니다만. 숨겨진 장소는 찾았습니까?"

"네, 찾았습니다."

예상대로 시구와 구미는 여자들을 엉뚱한 곳에 숨겨 놨다.

더 이상 돈이 안 될 것 같은 여자들은 풀어 줬지만, 돈이 될 만한 여자들은 그대로 가두어 둔 것이다.

"그런데 풀어 준 여자 중에서 한국 사람이 한 명도 없다는 게 참……."

"한국 여자들이 인기가 많다고 하더군요."

신동하는 쓰게 웃었다.

"그런데 이제 입국이 막혔는데 어떻게 거기를 터시려고요?"

"용병을 써야지요."

"입국 금지당했습니다만?"

노형진의 말에 신동하는 어이가 없다는 듯 말했다.

"누구를 불러도 어쩔 수 없습니다. 입국을 금지당했습니다. 일본 정부에서는 어떤 나라의 어떤 민간 군사 기업도 입국시키지 않을 겁니다."

노형진은 키득거렸다.

"그게 함정입니다."

"네?"

"제가 언제 민간 군사 기업이라고 표현했나요? 용병이라고 했지."

"그거나 그거나 차이가……."

"한국의 게임계에 벌어진 사건 중에 내복단 사건이라는 게 있습니다."

"네?"

뜬금없이 게임 이야기가 나오자 어리둥절한 표정이 된 신동하.

게임이랑 야쿠자랑 무슨 관계가 있단 말인가?

"그게 무슨……?"

"일단 들어 보세요. 내복단 사건은 아주 재미있게 벌어진 사건이니까."

한국의 모 게임에서, 길드가 게임 내의 시설물을 이용하거나 할 수 있도록 해 놨다.

그런데 그 게임 내 재화나 아이템이 돈이 된다는 사실이 알려지면서 거대 길드들이 그 시설물을 통제하면서 관리하기 시작했고, 그 결과 사실상 게임 자체가 진행되지 않을 정도가 되어 버렸다.

게임이라는 건 결국 사냥을 통해 성장하는 것이 핵심이다.

그런데 사냥터 통제라는 말로 자기 길드 소속이 아니면 사냥 자체가 불가능하게 만들어 버렸고, 사냥이라도 할라치면 당장 가서 때려죽이기를 반복했다.

"그 당시에 수많은 사람들이 반기를 들었지요."

하지만 엄청나게 성장한 길드와 수적으로 열세인 반대파는 싸움이 되지 않았다.

결국 반대파가 패배할 수밖에 없던 상황.

그 상황에서 내복단이 움직이기 시작했다.

"내복단이 뭡니까?"

"레벨 1짜리 캐릭터들을 의미합니다."

갓 생성된 캐릭터들이 입고 있는 옷이 내복처럼 보였기 때문이다.

"레벨 1이면 대미지가 들어가기는 합니까?"

"당연히 안 들어가죠. 하지만 중요한 건 시스템이었지요."

그 게임에는 살인자 페널티가 있었다.

그리고 다른 유저들을 많이 죽일수록 그 페널티는 심해졌다.

악행 지수가 높을수록 사망 시 고가의 장비들을 떨구는 시스템이 바로 그 페널티였다.

악행이 낮으면 고작해야 잡템을 잃을 뿐이지만, 악행이 높으면 현실 가격으로 수백 수천만 원짜리 아이템을 떨구는 거다.

"내복단은 그걸 노린 거죠."

레벨 1짜리이니 상대방이 광역기라도 한번 쓰면 한꺼번에 우수수 죽어 댔다.

설사 광역기를 쓰지 않는다고 해도, 클릭 한 번이라도 잘못하면 유저를 죽이게 되었다.

그렇게 그들의 악행은 계속 높아졌고, 그 와중에 죽으면 수백 수천만 원짜리 장비가 날아갔다.

게임에서 장비의 효과는 절대적이다.

수백만 원짜리 장비를 당장 현질해서 가지고 오는 게 쉬운 일은 아니었기에 그들의 힘은 급격히 약해졌고, 결국 싸움은 내복단의 승리로 끝났다.

'나중에 다시 개판이 되기는 했지만 말이지.'

중요한 건 그게 아니라 바로 보호 대상이라는 것.

"용병을 사기 위해 우리는 돈을 모았지요. 당연히 토마호크는 입국 금지가 되었으니 계약에 따라 환불받았고요."

물론 그 덕분에 토마호크는 전 세계적으로 제대로 홍보했으니 손해 본 것은 없다.

"설마?"

신동하는 노형진의 말에 정신이 번쩍 들었다.

"용병을 해외에서만 쓰라는 법은 없지 않습니까? 후후후.

질을 높여서 해결할 수 없다면 양으로 해결해야지요."

일본에는 의외로 버려진 마을이 많다.

인구가 급감하고 노인 비율이 높아지면서 지방의 많은 도시들이 그렇게 버려지고 있다.

생각보다 일본은 그런 상황이 급한데, 별장의 경우는 단돈 100엔이면 살 수 있을 정도로 매물이 나오는 상황이다.

경기는 안 좋은데 토지를 가지고 있으면 세금이 워낙 비싸고 그걸 국가에 기증하는 것도 불가능하다 보니 차라리 100엔에라도 팔아서 부담을 덜고자 하는 것이다.

그렇게 버려진 마을. 밤이면 적막만 흐르는 마을에 오늘은 사람들이 바글바글했다.

"절대 공격은 하시면 안 됩니다. 얼굴의 가면을 벗으셔도 안 됩니다. 주변을 에워싸고 도망만 가지 못하게 하시면 됩니다."

인터넷으로 모집한 용병. 하루 일당은 2만 엔.

절대 싼 일당은 아니다.

그런데 그 업무가 특이했다.

용병이라고 하면 싸우는 것을 생각하는데, 싸우는 게 아니라 그냥 포위만 하고 있으란다.

당연히 싸우는 게 목적이 아니라서 일당은 2만 엔, 즉 20만 원 정도였다.

그리고 그렇게 모여든 사람들에게는 보호 차원에서 얼굴을 가릴 수 있는 마스크가 지급되었다.

"이게 무슨……."

신고받고 출동한 경찰들은 빈집들을 포위하고 있는 사람들을 보면서 당황할 수밖에 없었다.

"지금 뭐 하는 겁니까? 어서 가세요!"

"이 안에 성 노예로 잡혀 있던 여자들이 있다고 합니다."

"그걸 어떻게 알아요?"

노형진은 미리 촬영한 영상을 틀어 줬다.

처음에 사람들이 몰려왔을 때 찍은 것이다.

ㅡ구하러 왔습니다. 모두 나오세요!

수백 명이 몰려들어서 외친 말이 안쪽에 들리지 않을 리가 없다.

당연하게도 안에서는 비명과 고함이 터져 나왔다.

ㅡ살려 주세요!
ㅡ제발 살려 주세요! 저 좀 고향으로 보내 주세요!
ㅡ이년들아, 안 닥쳐!

-아아악!

몇몇이 살려 달라고 소리치자 조직원들이 주먹을 휘두르는 소리가 생생하게 들렸다.

"그리고 지금까지 포위하고 있지요. 여기에 다른 지하 통로라도 있다면 모를까, 없다면 아직 안에 있을 것 같은데요."

무슨 비밀 기지도 아니고, 지하실도 없는 집에 지하 통로 같은 게 있을 리가 없다.

"이게……."

경찰은 떨떠름한 표정이 되었다.

증거가 명확하기 때문에 그냥 두고 볼 수도 없는 상황.

"그냥 가시려고요?"

경찰은 눈치를 보다가 슬슬 뒤로 빠지려고 했다.

그 모습을 본 노형진은 피식 웃으면서 한구석을 가리켰다.

그러자 그곳에서 촬영하고 있던 서진규가 웃으면서 손을 흔들었다.

"아……."

그제야 경찰은 자신들에게 선택지가 없음을 알아차렸다.

얼마 전 공항에서 민간 군사 기업의 사람들을 입국 불허했다는 이유로 본인뿐만 아니라 가족까지 나와서 무릎을 꿇고 빌어야 했던 사람들이 생각났다.

불허 결정을 내린 사람은 그가 아니라 상급자였고 그는 통지만 했을 뿐이지만, 사회적 불만을 그에게 뒤집어씌우고 잘라 버린 것이다.

얼굴이 팔린 이상 그가 이 사회에서 살아가는 건 사실상 불가능해졌다.

'이게 방송에 나가면…….'

그런데 이제는 자신들이 그렇게 될 상황이다.

"지원을 부르겠습니다."

결국 경찰은 지원을 부를 수밖에 없었다.

─그동안 여성들을 성 노예로 착취하던 조직이 발각되었습니다. 경찰은…….

집에서 나오는 범죄자들은 저항하지 않았다.

경찰 특공대와 방송국까지 와 있으니 저항은 불가능했다고 보는 게 맞을 것이다.

당연하게도 그들이 숨어 있던 곳에서는 빼돌려진 여자들이 발견되었다.

"눈 가리고 아웅도 진짜."

노형진은 마치 지금 구해진 것처럼 온갖 쇼를 하는 방송을 보면서 혀를 끌끌 찼다.

지금까지 경찰이 추적 못한 것처럼 방송에서는 짜고 보도하고 있었다.

"그나마 다행인 건 이번 일로 야쿠자들 사이에서 납치를 통한 수익 창출은 포기했다는 것이지요."

서진규는 한숨을 쉬면서 말했다.

시구와 구미의 경우는 주요 가게가 다 털리고 있는 상황이었고, 외부의 압력이 들어오면서 희생양으로 결정되어서 그런지 상부까지 싹 다 잡아가고 있었다.

안 그래도 일본에는 야쿠자를 처벌하기 위한 법이 있다, 적용하지 않아서 그렇지.

하지만 이번에는 그 법을 적용시켜서 상부와 주요 간부들에게 최대 수십 년의 형량을 선고할 예정이기에 사실상 시구와 구미는 끝났다고 봐도 무방했다.

"일본은 최후의 순간까지도 야쿠자와 척지지는 않으려고 하고."

"어쩔 수 없습니다. 경찰 입장에서는 진짜 생존이 달린 문제거든요."

까딱 잘못하면 경찰이고 뭐고 그냥 죽는 거니까.

"그러면 저는 촬영을 마무리하고 한국에 가서 편집에 들어가야겠네요. 노 변호사님은 뭐 하실 겁니까?"

"저는 뭐……."

노형진은 서진규의 말에 입맛을 다셨다.

두 번이나 연속해서 노예 사건을 해결하니 그의 기억을 자극하는 사건이 있었기 때문이다.

"두 번이 있었다면 세 번째도 있는 법이지요."

"네? 그게 무슨 말씀이신지?"

"중국하고 일본에 있는데 한국이라고 없겠습니까?"

"설마요. 이미 새론에서 한국은 싹 털지 않았습니까?"

"공개된 곳은 그렇지요."

노형진은 기분이 착잡할 수밖에 없었다.

결국 한중일 세 곳 모두 똑같다는 느낌이었다.

"인간은 어딜 가나 똑같은 모양이군요."

노형진은 허공으로 긴 한숨을 쉴 뿐이었다.

영광은 없다

대구 새영광복지원 사건.

노형진이 잊고 있던 사건이었다.

그곳은 장애인 시설이지만 단 2년 사이에 백 명이 넘게 죽었을 정도로 장애인들을 학대한 악독한 곳이었다.

그나마도 조사해서 드러난 게 그 정도일 뿐, 1960년대부터 운영되었다는 것을 생각하면 도대체 얼마나 죽어 나갔을지 감도 잡지 못할 정도였다.

단순히 그 정도가 아니었다.

그나마 움직일 수 있는 장애인은 노동력으로, 여성 장애인들은 성 노예로 쓰고, 자원봉사자들은 협박해서 입을 다물게 했으며, 신고가 들어가면 지역 권력과 손잡고 무마하는 등 그들의 악행은 끝이 없었다.

게다가 조사해 보니 장애인들의 약을 보관해야 하는 의약품 냉장고에는 술이 가득했고, 냉장 보관용 의약품들은 서랍에서 굴러다녔다.

그뿐만이 아니라 장애인들이 먹고 마시는 모든 것 중에 멀쩡한 건 하나도 없었다.

대부분이 유통기한이 지난 것을 가져다가 먹였고, 장애인들이 먹지 않으면 묶어 두고 입에 강제로 쑤셔 넣었다.

그런 식으로 행동하면 기도 폐색으로 사람이 죽을 수 있다는 걸 알면서도 그렇게 행동한 것이다.

심지어 원장이라는 작자가 그렇게 먹이라고 시키기까지 했다.

더 환장할 일은, 그곳을 운영하는 곳이 바로 천주교였다는 것이다.

한국에서 천주교는 이미지가 무척이나 좋았고 그 때문에 누구도 그곳이 현세의 지옥일 거라 상상도 하지 않았다.

심지어 현지 경찰도, 가끔 신고가 들어와도 설마 신부님들이 그러겠느냐고 대충 넘길 정도였다.

'원래는 터졌어야 했는데, 아직도 안 터졌어.'

노형진이 노예 사건을 해결하다가 떠올리지 못했다면 아마 원래 역사와는 다르게 그들은 영원히 해 처먹었을 것이다.

'그때는 시기가 애매했지.'

나라가 뒤집어질 정도의 사건이었지만 사실 사람들은 그 사건을 잘 기억하지 못했다.

그럴 수밖에 없는 게, 하필이면 그 사건이 터졌을 당시에 대한민국 대통령 탄핵이라는 초유의 사태가 벌어졌기 때문이다.

그래서 그 사건은 은근슬쩍 덮여 버렸고 해당 종교의 종교인들은 제대로 된 처벌을 받지도 않았다.

경찰도 검찰도 오로지 탄핵에 매달려 있던 시점이라 엄밀하게 말하면 최소한 업무상과실치사가 되어야 하는 사건이었는데 단순 상해로 넘겨 버렸고, 그 결과 범인들은 짧은 감옥 생활 이후에 멀쩡하게 출소했다.

더 웃긴 건 그 이후에 그들은 천주교 내에서 영전을 했다.

상식적으로 장애인을 학대해서 죽이고 실형까지 받은 자들이 영전을 한다는 건 심각한 문제였고, 그만큼 그들이 속한 파벌이 한국 천주교 내에서 강력한 힘을 가지고 있다는 걸 의미했다.

젊은 신부들과 신자들이 심각하게 항의했지만 한국 천주교는 철저하게 그 말을 무시했고, 결국 시간이 지나자 흐지부지되어 끝나고 말았던 사건.

"이런 사건이 있다고?"

노형진의 말에 오광훈은 미친놈 보듯이 바라보았다.

"에이, 설마. 신부님들이 그럴 리가."

"그게 함정이라니까."

신부님이라는 존재는 신에게 모든 것을 바치고 맨몸으로 와서 맨몸으로 가는, 말 그대로 하느님의 말씀을 몸으로 실천하는 존재다.

대부분의 신부님들이 그래 왔고, 그들의 헌신과 노력 덕분에 사람들은 신부님이라고 하면 믿을 만하고 존경스러운 존재라고 생각하고 있다.

"그런데 거기에 기생하는 놈이 없을 거라고 생각해? 신부님이라는 이미지를 버리고 순수하게 인간이라는 관점으로 보면 알 거 아냐? 세상에 좋은 일 하는 분들이 얼마나 많냐? 하지만 또 그만큼 거기에 숨어서 기생하는 놈들이 있어. 너도 알잖아?"

"으음……."

오광훈은 떨떠름하게 고개를 끄덕거렸다.

노형진의 말대로 빛이 있으면 어둠이 있는 법.

천주교가 믿음직한 종교이고 또한 신부님들이 존경의 대상이라는 점을 악용하는 놈들이 없으리라고 확신할 수는 없었다.

"너도 알 거야. 사학이 왜 사학인데?"

"그렇게 말하니 할 말이 없네."

사학 재단. 즉, 사립학교 재단들.

공식적으로는 미래의 동량인 아이들을 가르친다는 좋은

목적으로 만들어졌지만, 현실적으로 보면 새로운 수익 모델 중 하나일 뿐이며 많은 사학 재단이 돈을 빼돌리기 위해 혈안이 되어 있다.

"모두가 다 그런다는 건 아니야. 하지만 일부가 그런 가면 뒤에 숨어서 문제를 일으킨다고."

"하지만 신부님이 되기 위해 그분들이 노력하는 과정이 진짜 어마어마하던데."

신부가 되는 과정은 실로 혹독하다.

자격부터가 까다로운 게, 세례성사를 받은 지 3년 이상 되어야 하고, 신학교 입학 전 최소 1년은 신학생 모임에서 공부해야 한다.

나이도 만 29세 미만이어야 하고, 결정적으로 본당 주임신부의 추천을 받아야 한다.

이게 끝이 아니다.

이건 최소한의 자격일 뿐이다.

신부가 되기 위해서는 대학교 4년, 대학원 3년의 교육을 받아야 하는데, 그 과정에서 포기하는 사람들이 부지기수다.

그리고 일반인처럼 군대에도 다녀와야 한다.

그것도 제각각 가는 게 아니라 일괄적으로 다 같이 들어가는데, 만일 개인적 이유로 군에 가지 못하는 경우라면 3년간 봉사 활동을 해야 한다.

신학교에서의 교육은 무척이나 힘들고 어렵다. 그뿐만 아니라 신을 모신다는 점 때문에 규칙도 상당히 엄한 편이다.

그렇게 그 모든 걸 희생해야 한 명의 신부가 되어서 신자들을 이끌 수 있게 되는 것이다.

"하지만 사람은 변하는 법이니까."

"악마의 속삭임 같은 거냐?"

"악마의 속삭임이라……. 틀린 말은 아닌 것 같다."

그렇게 모든 것을 희생한 끝에 신부가 되고 나서 평생을 신과 신자들에게 봉사하는 대부분의 신부들과 다르게, 일부는 타락하기 시작한다.

그리고 천주교는 그러한 존재의 검증에 대해 약한 모습을 보이고 있는 것이 사실이다.

과거의 선행이 현재의 선행을 증명하는 것이 아님에도 불구하고 말이다.

"너도 뉴스를 조금만 찾아보면 알게 될 거야. 일부 신부가 타락해서 아이들을 성추행하거나 한 뉴스는 생각보다 많아. 영화화된 적도 있고."

그 영화를 보면 당시 분위기가 딱 지금 같았다.

신부님이 그럴 리가 없다, 신부님들은 그런 짓을 하지 않는다.

대상에 대한 과도한 믿음과 충성 때문에 결국 문제를 해결할 타이밍을 놓치게 된 것이다.

"그러면 어디부터 시작해야 하나? 일단 세무조사?"

노형진은 고개를 흔들었다.

"그건 안 좋은 생각이야. 이쪽에서 조사한다는 걸 알게 되면 분명 관련 자료들을 없애려고 할 테니까. 그러니까 확실하게 강력한 것부터 엮어서 들어가야지."

"그게 뭔데?"

"살인."

일단 가장 강력한 것부터 엮고 도망갈 길을 막을 생각을 하는 노형진이었다.

⚖️

살인. 정확하게 표현하자면 업무상과실치사가 맞는 죄목일 것이다.

'그 당시 사건 기록에 따르면 분명 업무상과실치사가 맞다.'

문제는 그걸 증명할 방법이 없다는 것이다.

물론 그건 현장에서의 이야기일 뿐이다.

사람의 사망은 심각한 문제고, 법적으로 사망 시에 관련된 모든 자료는 의료인이 판단하게 되어 있다.

정확하게 표현한다면 질병으로 인한 사망 시에는 사망진단서, 그리고 질병이 아닌 외상의 경우는 시체검안서를 발급하여 그걸로 사망신고 및 사망 이후의 절차를 진행하게 된다.

실제로 그러한 사망진단서나 시체검안서가 제대로 발급되지 않고 미비할 경우는 화장장 등지에서 접수를 거부하는 경우도 종종 있기 때문에, 그러한 공식적인 서류는 오타 하나에도 신경을 써야 한다.

"그런데 선생님이 발급하신 건 죄다 사망진단서네요."

노형진의 조언에 따라 오광훈은 일단 의사부터 족쳤다.

2년 사이에 백스무 명이 죽었다.

그렇다면 그건 분명 비정상적인 죽음일 수밖에 없다.

단순 질병으로 죽었다고 볼 수 없는 수준인데 그 과정에서 의사들에게 발각되지 않았다는 것은 상당히 비정상적인 결과였다.

"2년 사이에 원생의 10% 이상이 죽었습니다. 그런데 이상하다는 생각 안 하셨어요?"

오광훈의 말에 의사는 진땀을 흘렸다.

"아니, 저는 몰랐습니다. 진짜라니까요."

"몰랐다는 게 말이나 됩니까."

"아니, 그냥…… 단순 사망이라고 생각해서 그런 겁니다. 진짜예요."

"백스무 명이 죽어 나가는데 아무것도 모르셨다?"

오광훈의 반문에 의사는 죽을 맛이었다.

"백스무 명이요? 제가 사망진단서를 써 준 건 고작 열 명이란 말입니다."

"그 과정에서 받으신 건 없고?"

"네, 진짜입니다."

땀을 뻘뻘 흘리는 의사.

그리고 오광훈은 피식 웃었다.

"햐, 대가리 굴린 거 보소."

"네? 아니, 저는 그런 적이 없다니까요."

"아니, 당신 말고. 거기 새영광복지원."

"네?"

"내가 그 당시 사망자들의 사망진단서를 확인해 봤는데, 죄다 치과 의사 아니면 한의사네요."

의료법상의 규정에 따르면 사망진단서나 시체검안서를 발급할 수 있는 사람은 오로지 의사와 치과 의사 그리고 한의사뿐이다.

그런데 새영광복지원에서는 그들 중 치과 의사와 한의사에게만 서류의 발급을 요청한 것이다.

그걸 요청받은 사람들은 아무래도 천주교 신자일 가능성이 높다.

애초에 새영광복지원 자체가 천주교에서 운영하는 곳이니, 자연스럽게 그곳에서 자원봉사를 하는 의사들에게 요청하는 형식을 띤 것이다.

실제로 주변의 의사들은 그 새영광복지원에서 자원봉사를 많이 하는 편이었으니까.

"그런데 왜 치과 의사랑 한의사한테만 요청하겠어요? 뭐가 켕기는 게 있어서 그런 거지."

치과 의사와 한의사는 아무래도 일반적인 의사와는 입장이 좀 다르다.

그들은 진료 과목의 특성상 어떤 이유로 죽었는지 정확하게 특정하기가 힘드니까.

외상 전문의라면 외과적인 상처나 드러나지 않은 골절 등을 확인할 수 있을 테고, 내과 전문의라면 기저 질환으로 인한 사망 시의 신체 반응에 대해 잘 알고 있으니 질병으로 인한 사망이 맞다면 그걸 확인할 수 있다.

그러나 치과 의사나 한의사는 전문적으로 외상이나 내부 질환에 대해 배운 것이 아닌 데다가 그걸 진단할 수 있는 장비도 없다.

치아 상태를 본다고 해서 사망 이유를 알 수는 없고, 사망한 환자의 맥을 잡고 질병을 추적할 수는 없으니까.

"켕기는 게 있으니까 굳이 치과 의사랑 한의사를 불러온 거 아니겠습니까?"

"그건 저도 잘……."

"그러니까 왜 사망진단서를 그냥 써 주냐고요. 이 사망자, 정확한 사망 이유 알았어요?"

"……."

사망진단서에는 사망 이유가 들어가야 한다.

의사가 사망자의 확실한 사망 원인을 알아내는 방법은 오로지 검시뿐이다.

그런데 현실적으로 한국에서 죽는 모든 사람을 검시하는 것은 불가능하다.

그래서 일반적인 경우 자연사로 추정하고, 특별한 이유가 없다면 의사는 기저 질환, 즉 지병으로 사망했다고 처리한다.

외상이나 학대의 정황, 혹은 범죄의 정황이 없다면 대부분은 그게 보통이다.

"그래서 그냥 기저 질환으로 인한 병사로 등록하셨다?"

"네, 그렇습니다."

"그러면 진단서는 보셨습니까?"

"진단서요?"

"네, 진단서. 그 사람이 가진 기저 질환을 증명할 수 있는 진단서."

"그게······."

본 적이 없다.

그냥 거기에서 원래 심장 질환이 있었다고 하니까 심장 기저 질환으로 인한 사망으로 대충 써 준 것이다.

"거기에서 1년에 심장 질환으로 죽은 사람이 수십 명이네요. 아무리 장애인 시설이라고 하지만 이상하다는 생각 안 하셨습니까?"

의사는 침을 꿀꺽 삼켰다.

이야기를 들어 보니 이상하기 그지없었다.

'생각해 보면 이상한 게 없지는 않아.'

종종 자신이 사망진단서를 떼기 위해 가면 이상하게 환자의 상태가 너무 깨끗했다.

장애인이 더럽게 산다는 의미가 아니다.

하지만 생활하다 보면 결국 먼지라는 것이 묻을 수밖에 없다.

더군다나 이런 복지시설의 경우는 아무래도 옷이 그다지 충분하지 않기 때문에 특별히 뭐가 묻지 않았다면 그냥 입히는 편이다.

그런데 가서 보면 옷이 이상하게 깨끗한 적이 한두 번이 아니었다.

"표정 보니까 뭔가 기억나시는 것 같은데……."

"사실은……."

그는 그 당시의 기억을 더듬거리며 말하기 시작했다.

자신이 무슨 처벌을 받는 게 아니라고 해도, 만일 검사의 말이 맞다면 뭔가 잘못되어도 단단히 잘못된 것이니까.

"그 말 사실입니까?"

"네, 사실입니다."

"알겠습니다. 조만간 다시 부르지요."

바깥으로 나가는 의사.

그런데 그는 검사실 바깥으로 나간 순간 흠칫할 수밖에 없었다.

거기에는 여러 명의 사람들이 불안한 시선으로 서성거리고 있었는데, 그들 중 일부는 그도 아는 사람이었기 때문이다.

"닥터 김? 닥터 김이 왜 거기서 나와?"

"같은 이유 아닐까요?"

모두의 시선이 묘하게 변했다.

같은 이유. 즉, 이들도 뭔가에 대한 조사를 위해 불려 온 게 분명했다.

"검사님이 뭐래?"

"우리가 뭘 잘못했다고 하던가요?"

그의 주변으로 모여드는 사람들.

아마 그가 모르는 사람들도 자신처럼 의사일 것이다.

그는 모여든 사람들에게 떨리는 목소리로 말했다.

"뭔가 잘못되었습니다, 아주 크게."

모두들 침을 꿀꺽 삼켰다.

⚖️

그 시각 노형진은 새로운 사람을 만나고 있었다.

그 사람의 얼굴에는 충격이 가득했다.

"그 말이 사실입니까, 노형진 변호사님?"

"그렇습니다, 박정수 추기경님."

천주교 역시 계급의 구조를 가지고 있다.

그리고 그 안에는 붉은 옷의 사제라 불리는 존재가 있으니, 바로 추기경이다.

추기경은 교황의 바로 아래 직책으로, 사람들을 이끄는 위치인 동시에 다음 세대의 교황을 뽑을 수 있는 권한을 가진 사람들이다.

그리고 박정수 추기경은 한국의 추기경으로서 한국의 천주교 교단에서 가장 높은 사람이었다.

설사 노형진이라고 할지라도 쉽게 만날 수 없는 사람이 바로 그였다.

본인 스스로가 교인으로서 정치권이나 재계 인사들과는 거리를 두려고 노력하는 타입의 사람이었으니까.

하지만 노형진이 말한 최악의 카드를 들었을 때 박정수 추기경은 노형진을 피할 수가 없었다.

"하느님께 이 죄를 어찌 고해야 할지……."

대구 교구에서 벌어진 참혹한 사건. 그 사건의 진실을 알게 된 박정수 추기경의 얼굴에는 당혹감이 잔뜩 서렸다.

"그래서 제가 그걸 해결하기 위해 뵙고자 한 겁니다."

"대구를 담당하는 주교는 뭐라고 했습니까?"

노형진은 차분하게 말했다. 어차피 여기까지 온 이상 그쪽과는 거리를 둘 수밖에 없다.

"해당 교구의 주교에게는 이야기하지 않았습니다."

"어째서입니까?"

"천주교 시설에서 운영하는 곳입니다. 수십 명이 있는 작은 시설도 아니고, 천 단위가 넘는 규모를 가진 곳입니다. 그런 곳에 대해 해당 지역의 주교가 모른다면 그건 둘 중 하나지요. 심각하게 무능하거나, 알면서도 모른 척하거나."

'그리고 이 경우는 후자지.'

그건 확실하다.

이번 사건의 일로 감옥에 갔다 온 신부를 승진시킨 것이 그 주교였으니까.

물론 신부라는 직업의 특성상 승진이라고 표현하기에는 애매하기는 하다.

하지만 그를 성당의 주임신부로 발령했는데, 현실적으로 주임신부는 그 교구의 신자들을 관리하고 영적인 미래를 책임지는 사람을 의미한다.

그러한 범죄를 저지른 사람이, 충분한 자숙의 시간을 보낸 것도 아닌데 출소하기 무섭게 주임신부라는 요직으로 발령되었다는 것 자체가 이상한 행동이었다.

'그걸 알면서도 위험부담을 감수할 수는 없지.'

진짜 그들이 파벌을 만들고 서로를 보호하는 건지 아니면 다른 이유가 있는 건지는 알 수 없다.

그러나 중요한 것은, 노형진이 굳이 그러한 위험부담을 감수하면서까지 주교를 거쳐서 신고할 이유는 없다는 것이다.

더 위쪽에 신고해서 제대로 처리할 수 있는 능력이 있는데 왜 굳이 위험부담을 감수하겠는가?

"저는 이 문제에 대해 확실하게 처리하고 싶습니다. 주교님이 무슨 생각을 할지는 모르지만 해당 교구를 책임지시는 분인 만큼 저희도 조심은 해야겠지요."

그 말을 알아들은 박정수 추기경은 긴 탄식을 토했다.

"저희가 어쩌다 이 정도로 의심받게 되었을까요?"

"아, 종교의 문제는 아닙니다. 제 문제지요."

"노 변호사님의 문제라고요?"

"저는 변호사니까요. 누구도 필요 이상은 믿지 않습니다. 사건과 관련해서는 의뢰인도 믿지 않는 게 접니다."

"당신의 영혼을 위해 기도하겠습니다."

그렇게 살아가는 노형진이 불쌍하다고 생각한 건지 박정수 추기경은 쓰게 웃으며 말했다.

"이런 저라도 신께서는 사랑하실 겁니다."

"신은 모든 인간을 사랑하십니다."

"그건 맞습니다."

그게 아니었다면 그가 과연 회귀했을까?

그럴 리 없다.

그렇기에 노형진은 모두를 구하기 위해 노력하는 것이다.

그게 자신의 사명이라 생각하고 있으니까.

"그렇다고 해도 이번에는 선을 넘었지요."

물론 사건의 내용을 정확하게 본다면 성직자가 이러한 행동을 직접적으로 한 것은 아니다.

원장 신부는 이 모든 것을 알면서도 귀찮다는 이유로 방치했고, 부원장이라는 작자가 전권을 쥐고 이 모든 일을 저지른 것이다.

"그렇다고 해서 변명이 될 수는 없지요."

분명 원장이라는 직책은 관리와 책임을 위해 존재한다.

그런데 귀찮다는 이유로 최소한의 업무조차도 하지 않았다면, 그가 과연 성직자로서 신에게 올리는 기도는 제대로 했을까?

노형진은 그렇게 생각하지 않는다.

'그 당시 증언에 따르면 수십 년 동안 원장이 단 한 번도 업무 현장에 온 적이 없다고 하니까.'

몇 달도, 몇 년도 아니고 수십 년이다.

그동안 원장 신부는 장애인들이 밥을 먹는 식당이나 그들이 자는 숙소에 단 한 번도 들어온 적이 없다고 했다.

심지어 이 사건 이후에 다른 성당으로 갔던 신부 하나는 숙소로 콜걸을 불렀다가 문제가 되기도 했다.

"그들은 이미 정상적인 성직자가 아닙니다. 비록 파문은 당하지 않았다고 하지만 스스로 신을 버린 자들입니다."

천주교에서 파문은 아주 드물게 이루어진다.

사람들은 신부나 신자가 범죄를 저지르면 파문을 당하기를 원하지만 현실적으로 파문은 거의 이루어지지 않는다.

이단을 섬긴다거나 신을 부정한다거나 하는 경우가 아니면 거의 이루어지지 않는 게 현실이다.

심지어 외국의 경우는 아동 성범죄를 저지른 자들에게도 파문은 이루어지지 않는다.

파문이라는 처벌은 인간의 상식이나 사회적 법리를 기준으로 하는 처벌이 아니라 신적인 영역에서의 처벌이기에, 신에게 대항하지 않는다면 사실상 파문은 없는 게 현실.

"하지만 이 인간들이 과연 신에게 기도하고 신을 갈구하고 하느님의 말씀을 전할 자격이 있을까요? 그들의 입에서 나오는 말은 거짓이고 그들의 행동은 위선일 텐데."

박정수 추기경은 인정할 수밖에 없었다.

이들은 신부이지만 신부로서 활동할 자격이 없는 자들이다.

"제가 어떻게 도와드릴까요?"

"주교보다 높은 사람을 불러 주십시오."

"대주교 말씀이십니까?"

"그렇습니다. 그곳에서 일하는 사람들은 대부분 천주교 신자들일 테니까요."

하지만 신부라는 신분에 속아서 내부에서 고발하지 못하는 것이 현실이다.

"지역의 주교 이상의 신앙과 신심을 보여 줄 사람이 아니라면 아마도 그분들은 진실을 말하는 데 부담을 가지실 겁니다."

회사와 마찬가지다.

부장이 범죄를 저지른다면, 아무리 그 아래에 말해 봐야 결국 부장 선에서 커트당하는 법.

그걸 해결하기 위해서는 이사나 사장급 이상의 상위급에 제보하는 것 말고는 해결책이 없다.

"대주교를 보내 드리겠습니다."

박정수 추기경은 안타까운 목소리로 말했다.

세속과 거리를 두고 싶지만 이번 사건은 그러기에는 규모가 너무 크다.

사망자가 노형진의 말대로 10% 이상이라면 비정상을 넘어서 살인도 의심해야 한다.

"감사합니다."

노형진은 고개를 숙여 감사의 인사를 건넸다.

남은 것은 이제 오광훈이 해야 할 일이었다.

⚖

새영광복지원은 이런 사실도 모르고 평소처럼 굴러가고 있었다.

수사를 시작한 오광훈이 의사들에게 만일 정보를 흘리면 공범으로 처벌하겠다고 으름장을 놨기 때문이다.

그리고 노형진과 오광훈은 새영광복지원의 앞에서 나오는 사람들을 세고 있었다.

딱 6시가 되자 하나둘 나오는 사람들.

카운터로 그들 하나하나를 세는 사이 7시쯤 되자 더 이상 나오는 사람은 없었다.

그리고 그 숫자를 확인하고 오광훈은 눈을 찡그렸다.

"뭐여? 저 새끼들 미친 거야?"

퇴근 시간이 지난 후 나온 사람의 숫자는 총 이백스물한 명.

그런데 기록상 여기에서 근무하는 사람의 숫자는 총 이백 마흔 명이다.

즉, 저 복지원에서 남은 사람의 숫자는 고작 열아홉 명이라는 것이다.

그것도 원장 신부나 아예 여기서 생활을 하는 사람들을 포함한 숫자인 만큼, 실질적으로 남아서 직원들을 보호하는 실무직은 고작해야 열 명 정도?

"고작 열 명으로 천 명이 넘는 장애인들을 보호한다고?"

장애인 단체에서 자원봉사를 해 본 사람은 안다.

한 명 한 명이 움직이기 힘든 사람들이기에, 그들을 돕는 것은 절대 쉬운 일이 아니다.

그나마 좀 원활하게 움직일 수 있는 사람들이 있기는 하지만, 대부분의 경우 그런 사람들은 정신적으로 문제가 생긴다.

아무리 장애인들이 자는 밤이라고 해도 남아 있는 직원의 숫자가 너무 적었다.

더군다나 퇴근 시간은 6시. 일반적으로 취침 시간이 10시 정도인 걸 감안하면 네 시간은 사실상 방치 상태가 되어 버리는 거다.

"원래 이러냐?"

오광훈은 혹시나 해서 노형진에게 물었다.

일단 퇴근 시간인 만큼 그게 정상일지도 모르니까.

하지만 노형진은 고개를 흔들었다.

"너 복지 쪽 근로자들이 얼마나 고생하는지 모르는구나? 원래 이러냐고? 그랬으면 좋겠다. 하지만 복지라는 건 기본적으로 희생을 기반으로 하는 거라고."

다른 장애인 센터에서는 이런 칼퇴근은 꿈도 못 꾼다.

최소한 근로자의 3분의 1은 남아서 그들을 관리해야 하고, 10시가 넘어 장애인들이 잠들고 나서야 그중 일부라도 퇴근한다.

"그런데 6시 칼퇴근? 말이 되는 소리를 해라. 복지 쪽에서 일하는 사람들이 나한테 복지가 필요하다고 하소연하는 데에는 다 이유가 있다고."

노형진은 멀어지는 직원들을 보면서 말했다.

"아마도 일종의 거래 같은 거겠지."

"거래?"

"내부에 더러운 일이 많잖아. 그렇다면 그걸 외부에 감추기 위해 어떻게 해야 하겠어? 조폭 출신이니 너도 잘 알 거 아냐?"

"그에 상응하는 뭔가를 줘야지."

그러지 않으면 내부의 직원이 외부에 이 모든 걸 까발릴 테니까.

"칼퇴근이 그 뭔가라고? 고작?"

"말이 고작이지, 내부에 뭔가 더 있을지도 모르지."

실제로 새영광복지원은 업계에서도 직원에 대한 혜택과 복지가 좋기로 소문나 있었다.

칼퇴근 보장에 높은 임금에 정해진 휴가까지 다 주는 그런 것은, 사실 웬만한 복지 단체에서는 보장받기 힘든 것이었다.

"충분한 인원을 바탕으로 순환 근무를 통해 문제를 해결하는 거였다면 좋겠지만……."

현실적으로 저들의 행동은 단순히 방치에 지나지 않았다.

"저거 봐."

"어?"

어둠이 내려앉은 새영광복지원의 커다란 건물에서 불이

켜져 있는 곳은 극히 일부에 불과했다.

"그 소문이 사실인가 보네."

"무슨 소문?"

"돈을 아끼려고 원생들을 한곳에 몰아넣는다고."

"뭐어?"

사람이 사는 데에는 상당한 돈이 든다.

겨울에는 난방을 해야 하고 여름에는 냉방을 해야 한다.

그리고 생각보다 그 비용은 많이 든다.

새영광복지원은 그 비용을 아껴서 돈을 빼돌리기 위해 잔혹한 방법을 썼다.

많아 봐야 다섯 명이나 쓸 만한 방에 수십 명씩 몰아넣었던 것.

아무리 누워서 잠만 자는 방이라고 하지만 문제가 생기지 않을 수가 없다.

"일제강점기에 순사들이 독립운동가들을 고문할 때 쓴 방법도 그랬지."

좁은 공간에 수십 명을 몰아넣으면 눕지도 못하고, 이산화탄소가 많아져서 호흡도 힘들다.

물론 창문을 열면 공기야 들어온다지만…….

"이 날씨에?"

한겨울에 창문을 열어 두면 당연히 추위로 벌벌 떨 수밖에 없다.

'저러니 사람이 안 죽을 수가 있나?'

장애인들은 대부분 몸이 안 좋다.

특히 이런 복지원에 오는 사람들은 결국 가족들마저도 외면해 버린 이들이다.

그런 사람들에게 이런 대우를 하면, 안 죽는 게 이상한 거다.

"저 새끼들 진짜 미쳤네."

불이 켜진 방은 전체의 10% 정도.

이야기를 듣기로는 원생이 없는 게 아니라 자리가 없어서 대기까지 있다고 하니, 결국 한방에 규정보다 열 배 이상의 사람이 들어가 있다는 소리가 된다.

"이런 미친 새끼들을 봤나! 당장 때려잡아야 하는 거 아냐?"

"확실하게 엮어 둘 자료를 확보하지 못하면 안 돼. 저쪽은 종교 시설이야. 종교 시설은 어설프게 건드리면 안 좋다고."

저들이 어떠한 항변도 못 할 만큼 확실한 증거를 잡아 놔야 문제가 안 생긴다.

"하지만 그걸 누가 증언하느냐고."

"누구긴."

노형진은 멀리 보이는 건물들을 보면서 말했다.

"저런 곳에는 무조건 공익이 있거든. 그들에게 요청해야지."

공익. 대한민국에서 운영하는 노예들.

노형진이 공익을 이용한 내부 고발 시스템을 만들었다지만 모든 공익들이 다 고소와 고발을 하는 것은 아니었다.

공익들에게 불이익을 주고 진짜 노예 취급을 하면 화가 나서 제보하지만, 그래도 나름 잘 대해 주면 또 인간적으로 고소와 고발까지 하는 건 꺼려지는 게 현실이었다.

"그렇지만 이 경우는 범죄 은닉죄가 성립됩니다."

새영광복지원 규모의 복지 단체에는 거의 100% 공익이 들어간다.

그것도 한두 명이 아니라 제법 많이 들어간다.

당연히 그들은 소집이 해제되고 나면 민간인이 된다.

"그렇다고 해서 죄가 사라지는 건 아니지요."

오광훈과 노형진은 그들에게 접근했다.

이미 소집 해제가 된 그들은 날벼락이나 다름없는 상황에 어쩔 줄 몰라 했다.

"아니, 저기 그게……."

"사망자가 백스무 명입니다. 이 정도면 사실상 학살이죠. 안 그래요? 인생을 걸 자신 있습니까?"

"그들은 병사한 겁니다."

"증거 있습니까? 진짜 병사인지, 아니면 다른 이유로 사망한 건지?"

오광훈은 이제 제법 검사 티가 나기 시작했다.

상대방을 압박하고 어르는 실력이 장난이 아니었다.

"이미 사망진단서를 써 준 의사 선생님들의 증언을 받아 났습니다. 사망진단서를 요청해서 써 주기는 했는데, 이상한 점이 있는 시신들이 많았다고 하더군요."

의사 이야기까지 나오자 그들은 당황할 수밖에 없었다.

그들의 잘못은 없다고 하지만, 그걸 방치한 것도 문제가 될 수 있다는 걸 알고 있기 때문이다.

"자, 여기서 신고하실 분들은 손드시고, 아닌 분들은 가서 서 검찰 소환장을 기다리시면 됩니다."

오광훈의 말에 누군가가 머리를 북북 긁으며 말했다.

"네네, 할게요. 에이, 씨팔."

"선배!"

"야, 솔직히 우리가 거기서 얼마나 더러운 꼴을 많이 봤 냐? 어? 우리가 국가 공인 노예라 찍소리 못 하고 나온 거 지, 사람이 아닌 건 아니잖아."

"그건 그런데……."

"거기 징벌방 아직도 운영한다며? 너도 그거 보고 미쳤다 고 생각하지 않았냐?"

일단 그들에게 질문하는 건 검사의 영역이었기 때문에 옆 에서 조용히 듣고 있던 노형진은 징벌방이라는 말에 뭔 소리인가 하고 물었다.

"징벌방요?"

징벌방은 죄수들을 관리하는 교도소나 정신병원에서 운영하는 것이다.

장애인들을 관리하는 복지원에 있을 만한 시설은 아니었다.

"공식적으로는 심리 안정실이라고 하는데요. 뭐, 말이 심리 안정실이지 그냥 독방이에요, 독방."

그는 결국 신고하기로 마음먹은 건지 자신이 아는 걸 모조리 불기 시작했다.

"그 뭐냐…… 정신적으로 불안정한 사람들 있잖습니까?"

"네."

"그런 사람들을 보호한다는 명목으로 운영하기는 하는데, 사실 그것보다는 보복이죠."

단순히 독방에 가두어 두는 정도가 아니란다.

그 방에 있는 것은 오로지 침대 하나뿐이며, 징벌 대상이 된 사람은 그 침대에 결박된다는 것.

"짧으면 일주일, 길면 한 달을 거기에 묶여 있는 거예요. 먹이는 것도 그냥 찍어 누르고 입에 쑤셔 넣고."

"한 달요?"

사람을 한 달이나 침대에 묶어 둔다면 과연 정상적인 활동을 할 수 있을까?

아마 멀쩡한 사람도 한 달을 묶어 두면 미쳐 버릴 것이다.

"뭐, 때로는 그런 게 필요한 경우도 있기는 해요. 장애인들 중에는 극도로 공격적인 성향을 띠는 경우도 있으니까."

"하지만 그런 환자들을 위한 약이 있을 텐데요?"

사회에서도 조현병 등을 가진 정신 질환자에 의한 묻지마 살인이 있는 만큼 그런 장애인들은 확실하게 관리해 줘야 한다.

그들을 묶어 두는 게 아니라 그에 맞는 약을 줘야 하는 것이다.

"그게 말이죠……."

말하던 사람이 뭔가를 말하려 할 때였다. 다른 사람이 먼저 입을 열었다.

"약을 제대로 주는 데 한계가 있어요."

"한계가 있다?"

"네. 정해진 투약 시간을 지킨다는 게 사실상 불가능하죠."

일반적으로 투약 시간은 아침, 점심, 저녁이다.

그런데 6시 칼퇴근하는 사람들이 그렇게나 많으니 당연히 저녁 투약 시간을 지키기는 힘들다.

"그래도 아침저녁만 먹여도 어느 정도 관리는 될 텐데요?"

"약도 없어요."

"네?"

"약을 가지러 안 가요."

한국은 법적으로 환자와 의사가 대면 치료를 하도록 되어 있다.

그래야 오진을 최대한 막을 수 있기 때문이다.

문제는, 그러기 위해서는 정신병원에 가서 진단받고 처방된 약을 받아야 한다는 거다.

하루 종일 움직여야 하는데, 공식적으로 그 안에 있는 원생의 숫자는 천사백 명.

그들 중 10%만 정신과 치료가 필요하다고 해도 백마흔 명이 움직여야 한다.

그런데 이동할 때마다 데리고 다니는 게 귀찮으니 당연히 제대로 병원에도 데리고 가지 않는 경우가 제법 많았던 것.

"거기다 의약품 분류도 잘 안 하고…….."

"약품 냉장고에는 술이 가득했다고요."

하나둘 나오기 시작하는 증언들.

그렇게 말 그대로 봇물처럼 쏟아져 나오는 증언들은 노형진조차도 아연실색하게 만들기 충분한 이야기들이었다.

⚖

"뭐라고? 조사?"

"네. 우리 쪽에 대해 조사 중이라고 합니다."

새영광복지원의 부원장인 유정식은 온몸의 힘이 쭉 빠졌

다.

이건 진짜 생각지도 못한 일이었다.

그동안 천주교라는 방패를 이용해서 재미 좀 보고 있었는데 갑자기 조사라니?

"그게 무슨 소리야? 조사라니? 누가? 언제?"

"오광훈 검사라고 합니다. 일단 내사 수준이기는 한데……."

"미친개 오광훈?"

오광훈에 대해서는 제법 널리 알려져 있었다.

스타 검사 프로젝트 때문이었다.

일반적인 사람들에게는 일 잘하는 열혈 검사 이미지가 강하지만 범죄자들에게 통하는 별명은 미친개다.

상대방이 누구든 간에 물어뜯고 갈가리 찢어 대는 모습이 진짜 미친개처럼 보였으니까.

특히나 검사임에도 권력에 충성하지 않는 특성 때문에 권력자들이 죽이려고 몇 번이나 시도했지만, 그때마다 새론과 노형진이 역으로 죽여 버리는 통에 손대지도 못하는 놈이라고 소문나 있었다.

"이런 씨발! 당장 관련 서류 모조리 폐기해! 분쇄 차량 불러서 하나도 남기지 말고 갈아 버려!"

요즘 같은 시대에는 뭐 하나 태우는 것도 일이다.

애초에 쓰레기를 태우는 것 자체가 불법인 데다가, 불태우면 바로 소방차가 출동하기 때문에 분쇄하기 위해서는 전문 분쇄 차량을 불러야 한다.

전문 분쇄 차량은 대형 트럭을 개조한 것인데, 그 안에는 대형 분쇄기가 들어 있어서 기업이나 단체에서 나오는 어마어마한 양의 서류들을 분쇄할 수 있다.

실제로 상당수 업체에서 그러한 분쇄 차량을 이용한다.

"당장 말입니까?"

"그래, 당장!"

종교의 가면을 쓴 자들

"분쇄 차량을 기다리라고?"

"그래. 분명 부를 거야. 빠르게 그리고 확실하게 할 수 있는 유일한 방법이 그거거든."

"언제 올 줄 알고?"

"슬슬 나오겠지. 이제 슬슬 정식 영장을 청구해도 되잖아?"

지금까지는 내사 수준이었지만 이제는 제대로 수사에 들어갈 시점이다.

그런데 노형진은 영장을 청구만 하고 일단 집행은 하지 말라고 한 것이다.

"아니, 왜? 그냥 가서 털어 버리면 그만 아냐?"

"어디에 있는지 알고?"

"응?"

"편하게 일하자고. 가서 털어 버리면? 그곳에서 나오는 서류가 한두 장일 것 같아?"

아마도 트럭, 그것도 대형 트럭 분량으로 나올 테니 그 안에서 중요한 서류를 분류해 내는 것도 쉬운 일이 아닐 것이다.

"그걸 그놈들한테 맡기자 이거지."

"그놈들한테 맡기자고?"

"분쇄차를 불렀을 때 뭐부터 가장 먼저 갈아 버릴 것 같아?"

"아하!"

증거능력이 없는 서류들은 당연히 뒤로 밀릴 테니 우선시되는 것은 증거능력이 있는 서류들.

그리고 자기들에게 위험한 서류 위주로 갈기 시작할 것이다.

"아마 그중에는 감춰 둔 서류도 있을 테고."

그러니 그 서류들이 나오는 순간을 노려서 영장을 집행해야 한다는 거다.

"만일 너희가 몰려가면 어떻게 하겠어? 당연히 종교 시설이라는 것을 이용해 어떻게 해서든 방어하려고 하겠지."

대한민국은 종교와 정치가 분리된 곳이다.

그건 군사독재 시절에도 마찬가지였다.

어느 정도의 철칙이었냐면, 사람을 납치해서 죽이는 것조차 그다지 이상하게 생각하지 않았던 군사정권조차도 명동성당으로 대피한 그 당시 시국 관련자들은 결국 끌어내지 못

할 정도였다.

"분명 영장을 들고 가는 순간 몰려나와서 입구를 틀어막고 시간을 끌려고 할 거야. 그런 경우 불리한 건 검찰이거든."

"무슨 뜻인지 알겠네."

종교를 건드린다는 것은 아주 심각한 일이다.

이게 인간의 문제이기는 하지만, 어느 순간 종교의 중심이 그 성직자가 되는 것은 흔하게 벌어지는 일이다.

신이 아니라 인간이 신 노릇을 하면서 대표성을 띠는 것이다.

"그래서 과거에 방송국 공격 사건도 있었고."

사이비 종교를 파고들었다는 이유로 신도들이 방송국을 습격한 사건도 있었고, 자칭 신이라고 주장하는 범죄자들을 체포하려고 하는 경찰에게 신도들이 무기를 들고 덤빈 경우도 있었다.

"이번도 마찬가지야. 어찌 되었건 종교 시설이니까."

성당이나 교회 같은 순수 종교 시설은 아니지만 그래도 종교 단체 소속인 새영광복지원이다.

설마 그런 일이 없기를 바라지만 코너에 몰린 자들이 무슨 짓을 할지는 아무도 모른다.

"하지만 확실하게 털어 버릴 물건을 가지고 온다면 이야기는 달라지는 거지."

분쇄하기 위해서 그들은 그 물건을 가지고 나올 수밖에 없다.

그러니 바로 그 순간 잡아 버리면, 아무리 그들이라고 해도 달리 해결책이 있을 수가 없다.

일단 영장에 불법적인 부분이 없다면 집행하는 걸 막는 데에는 한계가 있으니까.

더군다나 현장에 돌입한 것도 아니고 그저 눈앞에 빤히 보이는 서류들이 있다면?

집행을 막기가 더더욱 애매해진다.

"그런 최악의 상황이 과연 이루어질까?"

"내가 걱정하는 거? 솔직히 말해서 그 신자들이나 직원들이 집행을 막을까 봐 걱정하는 게 아니야."

"뭐? 그러면?"

"내가 걱정하는 건 거기에 있는 원생들을 동원하는 거야."

새영광복지원에 있는 사람들은 대부분 장애인이다.

신체적으로 장애가 있는 사람도 있지만 사실 대부분은 정신장애가 있는 사람들이다.

단순히 팔다리가 없는 사람이라면 대부분 가족들이 건사할 수 있다.

하지만 정신적으로 문제가 있거나 움직이지도 못하는 사람들은 어떻게 건사할 수 있는 방법이 없다.

그래서 그런 사람들이 주로 이런 복지원으로 오게 된다.

"차라리 못 움직이는 사람들은 그나마 걱정하지 않아. 원장이 동원한다고 해도 못 나올 테니까. 하지만 그렇지 않은 사람들이라면?"

대부분의 장애인들에게 실권을 가진 부원장은 절대적인 힘을 가진 존재이다.

대부분이 지능지수가 떨어지기 때문에 부원장의 명령에 저항하지 못한다.

"아무리 그래도 그렇게까지 할까?"

"그렇게까지? 너 잊어버린 거냐? 얼마나 죽었는데? 백스무 명이 넘게 죽었어. 원장인 신부는 그 상황을 알면서도 방치했고. 그런 놈들이 정상적인 생각을 할 거라고 생각해?"

"끄응."

노형진의 말에 오광훈은 인정할 수밖에 없었다.

노형진이 기억하는 희생자는 고작 백스무 명 정도였다.

하지만 그건 노형진이 미국에 있을 때라 사건을 끝까지 확인해 보지 못해서였다.

조사 결과 무려 삼백 명이 넘는 사람이 몇 년 사이에 죽어 나갔다.

당시 그들의 변명은, 장애인 복지시설의 특성상 이곳에 올 정도 되는 사람들은 건강 상태가 나쁘기 때문에 어쩔 수 없었다는 것이었다.

그러나 그 부분을 감안해도 그들의 행동은 여러모로 말도 안 되는 부분들이 있었다.

오광훈이 조사하면서 확인한 미심쩍은 의료 진단만이 아니었다.

중환자의 경우 그들은 치료를 포기하고 강제로 퇴원시키기까지 했다.

상식적으로, 치료하면 살 수 있는 환자임에도 불구하고 그들은 굳이 퇴원을 시켜 버렸다.

심지어 그들이 입원해 있던 대학 병원의 의사들조차도 막았음에도 불구하고 말이다.

병원비가 비싸다고 하지만 한국은 의료보험 체계가 잘되어 있어서 아무리 비싸도 복지원이 망할 정도까지 나오지는 않는다.

더군다나 이런 시설에 대한 지원은 정부에서도 해 주고 각 종합병원들은 그런 시설의 환자들에 대해 일정 부분 지원해 주는 영역도 있기 때문에, 병원비가 수백만 원씩 나올 가능성은 높지 않다.

"그런데 그 돈이 아까워서 퇴원시킨 경우도 많고."

암이나 백혈병 같은 큰 병이나 병원에서 딱히 뭘 해 줄 수 없는 그런 질병을 이야기하는 것이 아니다.

패혈증, 또는 염증같이 단시간 내에 집중적으로 치료하면 환자의 생존율이 어마어마하게 올라가는 질병을 이야기하는 거다.

실제로 패혈증은 단시간 내에 지속적으로 항생제 처방만 제대로 받으면 충분히 살 수 있다.

당연히 의료보험도 되고, 돈도 그다지 많이 들지 않는다.

하지만 새영광복지원에서는 그런 장애인을 강제로 퇴원시

켰고 결국 그들은 패혈증으로 인해 사망했다.

"그런 건이 어디 한두 개야?"

살릴 수 있지만 돈이 아까우니까 안 쓰는 거다.

그 돈을 자기들이 가져가야 하니까.

그리고 그 빈자리를 채울 수 있는 장애인은 넘쳐 나니까.

"그들에게 장애인은 돈을 벌기 위한 수단이야. 부엌칼로 닭을 자르나 생선을 자르나, 그놈들 입장에서는 마찬가지라고."

돈을 벌기 위한 수단일 뿐이다.

어차피 도구일 뿐인데 무슨 짓인들 못 하겠는가?

"하긴, 인간의 밑바닥을 보면 설마라는 말은 못 하겠더라."

조폭 출신인 오광훈조차도 질려 버릴 정도로 인간이 드러내는 바닥은 진짜 저질인 경우가 많다.

심지어 조폭이 더 인간다운 경우도 엄청나게 많았다.

"어차피 저쪽에서 알고 차량을 부르는 건 얼마 안 걸려. 아마 이쪽에서 조사를 시작했다는 걸 이미 알았을지도."

그러니 그들은 증거를 없애려고 할 가능성이 높다.

"그러니 조금만 기다려. 정확한 순간에 정확하게 타격할 수 있다면 그들은 종교라는 가면을 더 이상 쓰지 못할 테니까."

"오라이~."

새영광 보육원 안으로 들어오는 커다란 차량.

거기에는 완벽 보안 분쇄라는 홍보 문구가 적혀 있었다.

분쇄 전문 기업에서 보낸 분쇄용 차량이었다.

이 차량 안의 대형 분쇄기에 넣으면 종이는 순식간에 갈려 버린다.

거의 가루 수준으로 분쇄되어 버리기 때문에 분쇄된 종이를 맞춰서 복원한다는 것은 불가능했다.

그것도 인쇄된 일반 용지뿐만 아니라 책 역시 분쇄할 정도로 강력한 분쇄기였다.

"이게 전부인가요?"

"계속 가지고 오고 있습니다. 확실하게 분쇄할 수 있는 거죠?"

"확실하게 해 드립니다. 걱정하지 마세요."

"혹시 내용물을 본다거나……."

"절대 그런 일 없습니다. 저희가 기밀 서류 분쇄를 전문으로 하는 곳인데 그런 짓을 하면 망하죠."

직원은 자신 있게 말했다.

그제야 유정식은 안심했다.

하긴 서류가 한두 개도 아니고 그중에서 몇 개를 본다 한들 그걸로 자신의 범죄를 증명할 수는 없을 테니까.

"바로 분쇄에 들어가 주세요."

"생각보다 서류가 많네요."

"몇 년 치 서류니까요."

"알겠습니다. 분쇄기 작동시켜!"

직원은 다 안다는 듯 고개를 끄덕거리고는 커다란 서류 뭉치를 들었다.

이제 분쇄기에 넣는 순간 이 모든 건 완전히 가루가 될 것이다.

그 순간 갑자기 사이렌이 울리면서 한 무리의 경찰차들이 몰려들었다.

앵앵앵.

요란한 소리를 내면서 몰려드는 경찰차를 본 유정식은 낭패한 표정이 되어 버렸고, 막 분쇄기를 작동시키려던 사람들은 떨떠름한 표정이 되었다.

그들도 분쇄 업무를 하면서 별의별 걸 다 갈아 봤는데, 그 중에는 압수수색을 막기 위해 분쇄하는 경우도 많았기 때문이다.

"경찰입니다. 당장 그 분쇄기 멈추세요. 압수수색영장입니다."

오광훈은 영장을 들이밀었다.

그러자 유정식은 마음이 다급해졌다.

"빨리 갈아요! 빨리빨리!"

"네? 하지만 지금 압수수색영장이 나왔는데요?"

"빨리 갈라고!"

분쇄기를 운영하는 직원은 눈치 빠르게 빠지려고 했지만

유정식은 그들을 대신해서 움직이기 시작했다.

가장 가까이에 있던 서류철 뭉치를 들어서 분쇄기에 집어 넣으려고 한 것이다.

"당장 분쇄기에 집어넣어! 너희들! 경찰 당장 막아!"

"네?"

서류를 나르기 위해 밖으로 나와 있던 직원들은 원장의 말에 깜짝 놀랐다.

"반은 서류를 갈아 버리고 반은 저놈들을 막으라고!"

경찰이라고 해 봐야 여섯 명 정도. 그리고 검사로 보이는 남자 한 명.

그들만 막고 서류를 갈아 버리면 그만이라 생각했기에 유정식은 고래고래 소리를 질렀다.

"여기가 어딘 줄 알고 세속의 권력이 기어들어 와! 여기 종교 단체야, 종교 단체! 천주교에서 운영하는 곳이라고!"

유정식은 소리를 지르며 서류를 갈아 버리려고 했지만 눈치 빠른 분쇄기 회사 직원이 잽싸게 분쇄기를 꺼 버렸다.

"뭐 하는 거야!"

"아니, 지금 검찰에서 영장도 나왔으니 저희가 작업하는 데엔 좀 무리가 있는 것 같네요."

"당장 이거 안 켜!"

유정식은 고래고래 소리를 질렀지만 그걸 다시 작동시킬 정도로 거기 직원들이 바보는 아니었다.

"영장에 따라 여기에 있는 모든 서류는 저희가 압수하겠습니다."

그게 작동하지 않는 이상에야 저 많은 서류들을 분쇄할 방법은 없다.

손으로 찢을 수는 있겠지만 그렇게 해 봐야 충분히 사람이 붙일 수 있는 수준이고, 그걸 가만두고 볼 리도 없다.

"야, 이 씨팔! 막아! 막으라고!"

유정식은 거의 눈이 돌아가 미친 것 같았다.

오광훈은 그 모습을 보면서 이상하다는 생각이 들었다.

'말이 안 되는 것 같은데?'

물론 상식적으로 사람이 범죄를 감추고 싶어 하는 것은 너무나 당연한 본능 같은 거다.

하지만 그것도 어느 정도이지, 이미 경찰과 검찰이 영장까지 가지고 왔는데 저 정도로 반항하는 경우는 드물었다.

대부분 영장을 가지고 오면 포기하거나 비는 쪽이다.

끝까지 덤비는 경우도 있기는 하지만…….

"애들 동원해!"

"네?"

"부원장님, 그게 무슨 말씀이세요?"

"애들 데리고 와서 바리케이드를 치라고!"

"그게 무슨……?"

"시키는 대로 안 해? 어? 내가 누군지 알아! 너희들 다 잘리고 싶어!"

눈이 돌아가서 소리를 지르는 유정식.

직원들은 어쩔 줄 몰라 엉거주춤하며 오광훈과 경찰을 바라보았다.

"저거 말려야 하지 않습니까?"

오광훈이 여기서 하지 말라고 하면 직원들은 꼼짝도 하지 않을 것이다.

그들이 바보도 아니고, 부원장이 하는 행동을 보면 그가 코너에 몰렸다는 걸 모를 수가 없다.

그러니 하지 말라고, 그의 말을 듣지 말라고 한마디만 하면 된다.

"그냥 두세요."

하지만 오광훈은 그들의 행동을 가만히 보고만 있었다.

'형진이 말대로 되어 가는구나. 역시 인간의 바닥은 끝이 없다니까.'

노형진은 장애를 가진 원생들을 이용해서 바리케이드를 칠 거라고 이야기했었다.

그리고 만일 그런 일이 벌어진다면 가만히 두고 보라고 했다.

그게 확실하게 이쪽에서 승기를 잡기 위한 방법이라고 말이다.

"네? 하지만 그러면 문제가 생길 것 같은데요."

"그러니까 그냥 놔두라고. 저쪽 문제지 이쪽 문제는 아니야."

오광훈의 말에 경찰들은 떨떠름한 표정이 되었다.

사실 이쪽은 고작 여섯 명이고 저쪽은 수십 명이니 막고 싶다고 해서 막을 수 있는 상황은 아니기도 했다.

결국 우물쭈물하는 사이에 장애인들을 불러낸 부원장은 그들을 인간 바리케이드처럼 내놓은 서류 주변을 에워싸게 했다.

"밀고 들어와 봐, 이 새끼들아!"

"으음……."

그사이에 추가 경찰 병력까지 왔지만 그들은 어색한 표정으로 그곳을 바라볼 수밖에 없었다.

저쪽의 숫자는 둘째 치고, 경찰이 장애인을 강제로 제압하면서 밀고 들어가면 그건 상당히 안 좋은 그림이 되기 때문이다.

"그렇다고 해서 가만둘 수도 없고."

점점 저물어 가는 태양.

아무리 두둑하게 입고 있다지만 한겨울의 추위는 살벌하다. 당연히 해가 떨어지면 더 추워질 수밖에 없다.

"그렇다고 물러날 수도 없고."

이쪽이 물러나는 순간 저들은 어떻게 해서든 저걸 없애려고 할 가능성이 높다.

최악의 경우 불을 지를 수도 있는 일이다.

상식적으로는 말이 안 되지만 저렇게 필사적으로 감추려

고 한다는 것은, 차라리 대놓고 증거를 인멸하는 것이 처벌이 약하다는 걸 알고 있다는 뜻이기도 했다.

'오늘 안으로 온다고 했는데.'

이미 소문을 듣고 기자들이 몰려든 상황.

그 상황에서 문제가 해결되면 사전에 막을 수 있음에도 불구하고 막지 않은 그에게 화살이 날아올 수도 있기에 오광훈은 입술이 바짝바짝 말랐다.

그렇게 막 저녁 시간이 지날 때쯤, 새영광복지원 안으로 한 대의 차량이 들어왔다.

그리고 차가 멈추더니 그 안에서 천주교 신부들이 입는 옷인 수단을 입은 노년의 남자가 모습을 드러냈다.

그를 본 순간 직원들뿐만 아니라 유정식도 얼굴이 사색이 되었다.

"대주교님."

뜬금없이 대주교가 나타날 거라고 생각하지 못했던 사람들은 침을 꿀꺽 삼켰다.

물론 그가 누군지 모르는 사람들도 있었다.

하지만 이곳에서 일하는 사람들은 대부분 독실한 천주교 신자였고, 그 때문에 천주교 방송에서나 여러 가지 경로로 대주교의 얼굴을 알고 있었다.

대주교가 그렇게 흔한 직책은 아니었으니까.

"이게 뭐 하는 겁니까?"

종교라는 방패로 저항하고 있던 자들에게 있어 대주교의 등장은 날벼락이나 다름없었다.

"아니, 그게……."

직원들도 대혼란이었고, 부원장은 거의 멘탈이 나갔다.

그리고 지금까지 어디 숨어 있었는지 모르지만 얼굴 한번 안 비치던 원장 신부 역시 허겁지겁 튀어나왔다.

'얼굴을 비치면 문제가 될 거라 생각한 모양이네.'

그럴 수밖에 없다. 엄밀하게 말하면 그가 이 모든 일의 책임자이니까.

"강도직 신부, 이게 무슨 일이지요?"

"아니…… 그게 대주교님, 이게……."

강도직이라고 불린 원장 신부는 뭐라고 말을 하지 못했다.

그때 유정식이 황급히 말했다.

"경찰에서 다짜고짜 밀고 들어왔습니다. 이건 종교 탄압입니다."

유정식은 무조건 오광훈에게 뒤집어씌울 생각이었다.

사실 새영광복지원은 종교 시설이라고 할 수는 없다. 엄밀하게 말하면 사회 재단이니까.

하지만 그는 코너에 몰린 상황이었고, 살기 위해서는 어떤 거짓말도 불사할 생각이었다.

'대주교라고 해도 방법이 없을 거다.'

대주교는 천주교 내에서는 강한 힘을 가지고 있다.

그는 천주교를 다른 세속의 권력에서 지켜야 하는 책임을 가진 사람이다.

당연하게도 그가 여기서 검찰에게 진입을 허가하면 종교적인 보호를 포기한 것으로 보일 수도 있는 일이다.

물론 신부에 대한 믿음이 강한 천주교에서 그런 말은 나오기 쉽지 않지만, 본인이 심적인 부담을 지게 되는 것은 사실이니까.

현실적으로 세속 권력이 부당한 조사와 탄압을 한 게 한두 번이 아니기 때문이다.

'일단 시간만 끌자. 일단 지금 저놈들만 돌려보내면 된다.'

그 후에 서류와 관련 증거들을 깡그리 갈아 버리면 그만이다.

물론 증거인멸로 처벌을 피할 수 없겠지만, 최소한 인생이 박살 나지는 않을 거다.

그렇게 생각하면서 유정식은 대주교를 바라보았다.

"그렇군요."

그런데 대주교의 얼굴에서는 실망이 스치고 지나갔다.

이쪽에서 큰 실수를 한 듯한 느낌이었다.

'뭐지? 뭘 실수한 거지? 아니야. 내가 실수한 건 없어.'

어차피 저쪽과는 이미 사이가 틀어져 버렸다.

그리고 애초에 대주교가 뭐라고 하든, 이쪽을 관리하는 것은 대구 교구를 관리하는 주교다.

그러니 그 라인만 살아 있으면 위에서 뭐라고 하든 무시하고 여기서 계속 일할 수 있다.

아니나 다를까, 세속의 권력과 손잡을 수는 없다는 종교적 문제 때문인지 대주교 역시 고민하는 눈치가 역력했다.

'막을 수 있다.'

유정식은 그렇게 확신했다.

하지만 그는 몰랐다. 노형진은 이미 그들이 뭘 어떻게 하려고 할지 다 예상하고 있었다는 것을 말이다.

아무리 잘났다고 해도 결국 범죄자일 뿐이고, 사실 코너에 몰릴수록 선택지는 사라진다.

그들은 그게 최선의 선택이고 훌륭한 선택지라고 생각했을지 모르지만, 실상 그들이 선택할 수 있는 것은 그것밖에 없도록 사법기관에서 내모는 것이었다.

"대주교님."

오광훈은 고민하는 대주교에게 다가갔다.

그리고 미리 이야기가 된 대로 대주교에게 이야기했다.

"일단 영장은 바로 집행하지 않겠습니다."

"뭐라고요?"

"아니, 검사님!"

오광훈의 말에 경찰들과 기자들은 놀라움을 금치 못했다.

아무리 대주교가 왔다고 해도 지금 불리한 것은 저쪽이었다.

그런데 영장을 집행하지 않겠다니?

"대신에 대주교님과 다른 신부님들을 믿겠습니다."

"당신의 호의에 감사합니다. 그러면 이대로 물러나시는 건가요?"

"아닙니다. 일단 날씨가 추우니 원생들은 안으로 들이시죠. 강제로 집행하지 않겠다는 것이지, 영장 자체가 사라지는 건 아니니까요."

이쪽에서 강제로 집행하지 않겠다고 하는데 원생들을 이대로 계속 둘 수는 없는 노릇이다.

도리어 그 시간이 길어질수록 천주교 쪽이 부담스러울 수밖에 없다.

"그 대신에 다른 분들을 모시지요."

"다른 분들? 그러면 영장 집행과 다를 게 뭐가 있습니까?"

"다른 분들은, 세무회계를 담당하는 분들이면 될 것 같습니다. 저기 쌓여 있는 서류들, 저것들은 저희가 건드리지 않겠습니다. 하지만 대주교님의 지휘 아래 천주교 신자분들이 확인하고, 이상이 있다면 저희에게 넘겨주십시오. 만일 이상이 없다면 저희는 물러나도 되겠지요. 물론 이상이 없는 서류라면 분쇄하지 않아도 될 테고요."

"좋은 생각이군요."

종교적인 영역을 침범하지 않으면서도 동시에 이쪽의 실권을 확실하게 주장할 수 있는 방법이었다.

천주교를 믿는 전문가들이 한두 명이 아닐 테니 그들은 기꺼이 서류를 점검할 것이다.

'당연히 그 안에서 문제가 생기지 않을 리가 없지.'

서류에 문제가 없다면 이렇게 서둘러서 분쇄하려 할 필요도 없었을 것이다.

반대로 서류에 문제가 있다면, 당당하게 천주교에서 그들을 고발할 수 있게 된다.

"안 됩니다!"

유정식은 비명을 질렀다.

그건 안 될 말이다. 자신의 사람도 아닌 자들이 서류를 확인하게 되면 자신이 저지른 모든 죄악이 드러난다.

"원장 신부님, 뭐라고 해 보세요!"

다급한 나머지 원장 신부에게 매달려 보는 유정식.

하지만 이미 원장 신부는 초탈한 표정이었다.

사실 모든 걸 모른 척하고 있었던 그다. 당연하게도 그 이유는 귀찮다는 것 때문이었다.

그리고 눈감고만 있으면 적지 않은 돈이 들어왔으니까.

하지만 걸리고 나니, 자신이 악마의 속삭임에 넘어갔다는 사실이 와닿았다.

그러니 도리어 그 악마의 속삭임을 한 유정식이 좋게 보이지 않게 되었다.

"조사해 보면 알겠지요."

원장 신부의 말에 유정식의 얼굴에서 악마가 나타났다.

"이 개 같은 새끼야! 지금까지 내가 준 게 얼만데! 이제 와서 등에 칼을 꽂아?"

"신이여, 이 길 잃은 양을 용서하소서."

하지만 이미 초탈해 버린 원장 신부는 그저 기도할 뿐이었다.

"그러면 바로 서류의 검토를 부탁드려도 될까요?"

오광훈은 담담하게 말했지만 그건 사실상 유정식에 대한 사형선고나 마찬가지였다.

"죄목이 한두 개가 아니야."

늦은 밤. 세무사와 변호사 등이 몰려와서 그곳에 있던 서류들을 모조리 이 잡듯이 살폈다.

사실 그럴 필요까지는 없었다.

조금만 들여다봐도 온갖 죄악이 다 튀어나왔으니까.

횡령은 너무나 당연한 것이었고, 그 과정에서 자원봉사자나 근무자에 대한 협박도 어마어마하게 많았다.

대주교는 그 사실에 크게 충격을 받고 그곳에서 일하던 신자들을 일일이 만나서 설득했고, 그 결과 서류에 기재되지 않은 수많은 범죄가 그들의 입에서 흘러나왔다.

매일같이 폭행이 이루어졌고 그걸 제보한 사람에 대한 보복도 같이 이루어졌다.

심지어 항의하는 자원봉사자나 직원에게 교구 차원에서

보복하는 경우까지 있었다.

말 그대로 악마의 전당이 되어 버린 그곳에서 원생들은 제대로 먹지도 못하고 치료도 받지 못한 채로 죽어 가야 했다.

"보험 사기에 살인에……. 어우야, 미쳤네, 미쳤어."

원생들을 몰래 보험에 가입시켜 놨다가 그들이 아프면 보험료를 타 내는 수법을 쓰기도 했고, 문제가 될 만한 사람들은 치료를 거부하는 방식으로 빨리 죽도록 유도했다.

심지어 부원장과 일부 직원들은 여성 원생들을 자신의 집으로 끌어들여서, 어느 정도 일할 수 있는 원생에게는 집안일을 시키고 성 노예로 자신의 욕망을 배설하기까지 했다.

그리고 그걸 제보하려고 하던 그나마 정신이 멀쩡한 원생들은 다른 원생들을 동원해서 학대하도록 지시했는데, 그중에는 제대로 치료를 못 받아서 죽은 사람도 있었다.

문제가 될 것 같자 아예 죽일 작정으로 치료 자체를 못 받도록 막은 것이다.

"그리고 매춘까지 시킨 것 같은데."

노형진은 질려 버렸다는 표정이었다.

분쇄 예정이었던 서류 중에는 암호로 적혀 있는 제법 두툼한 노트가 하나 있었다.

그게 뭔지는 오광훈도, 다른 수사관도 알아내지 못했다.

하지만 노형진은 그 안에서 기억을 읽어낼 수 있었기에 그게 성매매와 관련된 내용이라는 사실을 알아냈다.

"뭐? 미친 거 아냐? 아니, 장애인들한테 성매매를 시킨다고? 술집만 가도 째끈한 애들이 넘쳐 나는데?"

"세상에는 그런 미친놈도 있는 법이지."

노형진도 '설마.'라고 생각했다.

하지만 그 안에 있는 암호들을 해석하면서 쓰레기 같은 기억을 볼 수 있었고, 그 때문에 오바이트를 할 뻔했다.

"그런 곳은 변태 성욕자들을 안 받아 주잖아."

"응? 그게 무슨 소리야?"

"그런 술집에서는 변태 성욕자들을 받아 주지 않잖아. 그러면 그 변태 성욕자들이 어디로 가겠어?"

성욕이라는 건 일반적으로 남녀 사이에서 나타난다.

하지만 때때로 가학성을 가진 놈들이 있다.

그러나 아무리 돈 때문에 술집에서 일하는 사람이라고 해도 그런 가학성애자들을 받아 주지는 않는다.

"장애인이면 어디 가서 말도 못 하지."

말도 못 하고, 설사 말해도 아무도 믿어 주지 않는다.

다른 곳도 아닌 천주교 교단에서 운영하는 장애인 보호 시설에서 가학성 변태에게 성매매를 한다? 그 말을 과연 누가 믿을까?

'그러고 보니 회귀 전에는 이미 싹 갈려 나간 후였지.'

회귀 전에는 방송국에서 오랜 시간 뒷조사해서 방송해 버리면서 드러난 사건이었다.

그런데 고발하는 건 좋은데 고발한 후에 탄핵 사건이 벌어지면서 압수수색과 사건의 진행이 늦어 버리는 사태가 벌어졌고, 그사이에 부원장 일파는 거기에 있던 서류를 깡그리 갈아 버렸다.

그래서 이런 문제가 드러나지 않은 것이다.

결국 검찰에서도 다른 죄는 증명하지 못하고 감금과 폭행만으로 처벌해야 했다.

그러나 그들이 서류를 갈아 버리기 전에 입수하자 실로 어마어마한 증거가 쏟아져 나왔고, 업무상과실치사라고 할 만한 사건도 무척이나 많았다.

"끄응…… 이거 나라가 뒤집어지겠는데?"

"아마도 전수조사에 들어가겠지. 그리고 피바람이 불 테고."

현실적으로 본다면 종교의 가면을 쓰고 이런 범죄를 저지르는 놈들이 이놈들만 있을 리가 없다.

다만 종교 시설이라는 점 때문에 우호적인 이미지를 가지고 있어서 설마 그럴 리가 없다는 분위기로 보호받고 있을 것이다.

"아마 제대로 전수조사가 들어가면 횡령 같은 건 기본으로 끌고 들어갈걸."

물론 이번처럼 일이 크게 되는 경우는 드물 것이다.

하지만 그동안 종교 단체에서 운영하는 복지시설의 경우는 정부에서 사실상 방치하고 있었으니, 그 내부가 얼마나 썩었는지는 열어 봐야 알 것이다.

"그런데 말이야."

"응?"

오광훈이 갑자기 턱하니 서류를 덮고 진지한 눈빛으로 노형진을 응시했다.

"나 두 개만 물어보자."

"뭔데?"

"도대체 왜 그렇게 복잡하게 대주교까지 불러 가면서 일을 해결한 거야? 솔직히 그렇잖아. 내가 거기서 직원들한테 움직이지 말라고 한마디만 했으면 거기서 누가 움직여? 굳이 이렇게 복잡하게 하지 않아도 충분히 서류를 확인하고 깡그리 털어 버릴 수 있었는데 왜 굳이 그렇게 복잡하게 한 건데?"

노형진은 뺨을 살짝 긁으며 대답했다.

"일단은 종교에 대한 공격 때문에."

"설마 내가 천주교 단체의 공격을 받을 거라고 생각한 거야? 그래서 그렇게 복잡하게 한 거야?"

노형진은 고개를 흔들었다.

"정반대야."

"응? 정반대?"

"그래. 사실 네가 종교 단체에서 공격한다고 해서 눈 하나 깜짝할 사람도 아니고, 천주교가 그렇게 공격성이 강한 단체가 아니라는 것도 잘 알아."

"그런데 왜?"

"천주교가 공격받을 테니까."

"뭐?"

"일부를 확대해석 하는 놈들은 꼭 있거든."

특히 종교에 관해서는 그게 심하다.

누군가 한 명만 잘못해도 그걸 모든 관련 종교인으로 확대해석 해서 씹어 대고 여론 몰이를 하는 놈들이 있기 마련이다.

"가령 목사가 헛소리하면 기독교 전부를 욕하잖아. 천주교는 지금까지 그런 적이 없지만, 이번 사건이 나가면 아마도 가루가 되도록 까이겠지."

"그거랑 이번 일이 무슨 상관인데?"

"최소한 스스로 검증하고 자발적으로 고치려고 노력하는 모습만 보여 줘도 사람들은 욕을 덜 하거든. 이건 정치적인 문제이기는 한데, 너무 큰 혼란을 만들 수는 없으니까. 어찌되었건 종교 시설에서 운영하는 복지 센터는 꼭 필요해. 그런 곳마저 없으면 많은 사람들이 고통받을 수밖에 없어."

그들에게 검증의 기회를 주고 그들이 검증해서 스스로 고발하게 했다는 것은, 사회적으로 그들에게 충분한 기회를 주게 된다.

"그리고 이 정도 큰일이면 아마 내부에서도 점검에 들어갈 거야. 문제를 고치는 가장 좋은 방법은 자정이지."

사람들이 종교를 욕하는 가장 큰 이유는 그 종교가 진짜 나쁘고 사악해서가 아니다.

자정할 수 있음에도 불구하고 권력에 눈이 멀어 하지 않기 때문이다.

"그러니까 자정을 유도하기 위해서였다는 거구나?"

"전에도 말했지만 아무리 전수조사를 한다고 해도 결국 종교는 종교이고 국가는 국가야. 아무리 국가에서 노력한다고 해도 어느 정도 선 이상은 못 건드려."

만일 그렇게 되면 분명 내부에서 종교 탄압이라는 말이 나올 테니까.

"그러니 그들을 자극해서 자정하도록 하는 게 가장 좋지. 그래서 그게 불가능한 사이비 종교들은 답이 없는 거고."

노형진은 어깨를 으쓱하며 말했다.

설명을 전부 들은 오광훈은 한숨을 푹 쉬더니 고개를 끄덕였다.

"좋아. 그건 그렇다고 치고 이건 진짜 궁금한 건데, 도대체 어떻게 했기에 가톨릭에서 이렇게 적극적으로 도와준 거야? 아, 물론 그쪽이 나쁘다는 건 아니야. 하지만 대주교라는 신분을 가진 분이, 언제 일이 터질지 알고 기다리고 있었다는 게 말이나 돼?"

일이 터지자마자 달려온 대주교. 그 말은 대주교가 일을 예상하고 기다리고 있었다고 봐야 한다.

쉽게 말해서 천주교 측에서는 적극적으로 이쪽을 도와줬

다는 건데, 그 이유가 오광훈은 궁금했던 것이다.

"응? 종교 단체의 자정작용이라고 생각하면 되잖아?"

"자정은 개뿔. 물론 네가 좋게 일을 해결하려고 한 건 아는데, 내가 아는 종교에 자정이라는 건 없어."

실제로 한국에서도 신부에 의한 성추행 사건 등은 지속적으로 발생하고 있다.

그러나 제대로 처벌이 이루어지지 않는 것도 사실이고.

"뭐, 간단해. 소송을 걸어서 압류한다고 했거든."

"고작 그 이유로 이렇게 적극적으로 도와준다고? 아니, 세속 권력은 또 거기에 터치를 하지 않는 게 기본이라며? 뭔 해석이 제각각이야?"

물론 민사소송을 해서 압류는 할 수 있다.

하지만 그걸로 이렇게 적극적으로 도와준다는 건 한편으로는 이상하기도 하다.

일반적인 종교의 행동과는 거리가 있는 부분이었다.

"내가 언제 한국에서 한다고 했어?"

"응? 그러면 어디서 하려고 했는데?"

"바티칸."

"뭐?"

"바티칸. 교황이 계신 곳. 그곳에서 하려고 했지."

"거기에도 법원이 있어?"

"당연히 있지. 공식적으로 바티칸도 하나의 독립된 나라라고."

만일 대구 교구에서 해결하려고 했다면?

절대 바티칸까지 보고가 올라가지 않는다. 중간에 커트할 것이 뻔했다.

"하지만 그 책임을 교황한테 묻고, 교황한테 민사를 걸고 압류를 걸면 교황이 모를 수가 있겠어?"

그리고 교황이 아무리 용서와 자비를 중요시하는 영적인 지도자라고 해도, 이런 범죄에 대해 알고서도 그냥 넘어갈까?

"회장님 족치는 거랑 비슷해."

"이런 미친 새끼. 바티칸을 압류한다고? 네놈이 진짜 제정신이냐?"

오광훈은 노형진이 때로는 진성 미친놈이 된다는 생각에 얼굴이 하얗게 질려 버렸다.

"괜찮아. 신은 나를 사랑하시니까."

노형진은 든든하게 믿는 게 있다는 얼굴로 씨익 웃었다.

타협이 없다면 위험은 큰 법

"김성식 변호사님?"

김성식에게는 평소와 같은 날이었다.

일을 마치고 집으로 가는 길에 동생이 좋아하는 치킨을 사가는 것이 그의 가장 큰 행복 중 하나였다.

염전 노예로 팔려 갔던 그의 동생은 노형진과 우연히 만나면서 구출될 수 있었고, 그 인연으로 김성식은 검찰에서 나와서 새론으로 들어왔다.

그 당시만 해도 워낙 몸이 안 좋아서 의사는 오래 살지 못할 거라 했지만 그가 가진 돈을 다 털어 동생을 치료해서, 지금까지는 괜찮았다.

'건강하게'라는 말을 붙이기에는 부족했지만 최소한 시한

부라는 말은 벗어난 상황.

그런 동생이 가장 좋아하는 것이 양념치킨이었고, 때때로 그걸 사 가지고 가는 게 김성식의 즐거움 중 하나였다.

"그렇습니다만?"

가족들과 동생까지 같이 먹을 만한 양의 치킨을 사서 들어가던 김성식은 자신을 부르는 말에 고개를 돌려서 상대방을 바라보았다.

"누구신지?"

"김성식 변호사님 맞으시죠, 중수부 부장이셨던?"

"그렇습니다."

"늦은 밤에 죄송합니다, 의뢰를 드릴 게 있어서."

"미안합니다만 저희는 의뢰를 회사를 통해서만 받고 있습니다. 제가 개인적으로 의뢰를 받는 건 곤란합니다."

"진짜 다급해서 그럽니다."

남자는 거의 애원하다시피 말하면서 다가왔다.

하지만 김성식은 그런 그를 보면서 왠지 기분이 서늘했다.

검사 시절 그를 몇 번이나 살려 줬던 육감이 강하게 경고하고 있었다.

"미안합니다만 돌아가세요. 개별 의뢰는 안 받습니다."

"어떻게 안 되겠습니까?"

"다가오지 마십시오."

다급하게 의뢰하기 위해 왔다는 남자다.

그런데 모자를 푹 눌러쓰고 있고, 목소리에 간절함도 없다.

"제발 부탁드립니다."

그렇게 말하며 다가오는 남자.

문득 김성식은 의심이 들었다.

자신은 변호사로 나온 지 좀 되었다.

물론 자신이 중수부 부장 출신인 거야 알 만한 사람은 알지만, 지금은 중수부 부장이 아니라 새론의 대표로 더 유명하다.

저렇게 젊은 사람이라면 중수부 부장이었던 자신이 아니라 새론의 대표인 자신을 알아야 정상이다.

"제가 중수부 부장 출신인 건 어떻게 아셨습니까? 상당히 젊어 보이시는데."

움찔하는 남자. 그리고 다음 순간 그의 등 뒤에서 기다란 칼이 튀어나왔다.

"뒈져!"

그러나 그보다 더 빠르게 김성식은 손에 들린 치킨 봉투를 휘둘렀다.

아무리 늙었다고 하지만 검사로서 온갖 강력범들을 잡아왔던 사람이다.

그러니 그런 기습을 당했어도 어느 정도 반격할 수 있었다.

다만 그가 생각하지 못한 것이 있었다는 게 문제다.

"크윽."

뜨거운 치킨 봉투에 얼굴을 맞고 나뒹구는 공격자.

그러나 그와 동시에 김성식의 옆구리로 날카로운 칼이 들이밀려 왔다.

"크억."

공격자는 한 명이 아니라 두 명이었다.

한 명이 시선을 돌리는 사이에 다른 한 명이 뒤에서 다가오고 있었던 것.

"끄윽."

상대방이 칼을 빼자 그대로 주저앉는 김성식.

김성식의 옆구리에 칼을 찔러 넣었던 놈은 다시 한번 칼을 들이밀기 위해 번쩍 들었다.

그 순간이었다.

쾅!

바닥에 쓰러져 있다가 다시 칼을 들고 덤비려던 놈이 갑자기 허공을 날아서 반대쪽으로 데굴데굴 굴렀다.

막 김성식을 다시 칼로 찌르려고 하던 남자는 순간 흠칫했다.

그리고 합류 차선에서 차 한 대가 그대로 자기 동료를 들이받고 후진하는 걸 발견했다.

"이런 씨발!"

그는 쓰러진 김성식과 나뒹굴고 있는 남자를 번갈아 바라보더니, 김성식을 포기하고 남자를 부축해서 도망가기 시작했다.

김성식을 한 번 더 찌르면 확실하게 죽일 수 있겠지만 그 대신에 후진한 차가 다시 전진하면서 자신도 밀어 버릴 테니까 어쩔 수 없는 선택이었다.

부아앙!

쓰러진 남자를 부축해서 도망가는 범인을 놓칠 수 없다는 듯 가속하는 차량.

그러나 그 차량을 갑자기 튀어나온 차가 들이받았다.

결국 차량은 방향이 틀어져 아파트 지하에 있는 엘리베이터로 들어가는 현관을 들이받았다.

그리고 들이받은 다른 차량은 다급하게 남자 둘을 태우고는 전속력으로 도망갔다.

그 차가 지상으로 올라가는 것을 보고 차량 주인은 다급하게 차에서 내려서 김성식에게 다가왔다.

"선배님!"

그는 다급하게 달려와서 바닥에 쓰러진 김성식을 일으켜 세웠다.

"진…… 검사…….."

진 검사라고 불린 남자는 다급하게 김성식의 옆구리를 눌러서 흘러나오는 피를 막으려고 노력했다.

그는 김성식의 후배였고 같은 아파트에 사는 사람이었다.

퇴근하고 나서 지하 주차장에 주차할 자리를 찾기 위해 뱅 뱅 돌다가 현장을 목격하고는 차량으로 범인을 들이받은 것이다.

내려서 공격하는 건 멍청한 짓이니까.

"끄으으윽."

"잠깐만 기다리세요, 선배님. 구급차를 부르겠습니다."

"그놈들은……?"

"나중에 제가 잡을 테니 일단 안정부터 찾으세요."

그는 다급하게 범벅이 된 피를 자신의 옷에 닦아 가면서 119에 전화를 걸었다.

"여기 서울 킹캐슬 아파트입니다. 112동 지하 2층입니다. 사람이 칼에 찔렸습니다."

신고하는 내용을 들으면서 김성식은 애써 흐릿해지는 정신을 붙잡으려고 노력했지만 결국 고개를 푹 숙이고 말았다.

⚖️

"대표님은요?"

"대표님은 어떻게 된 겁니까?"

병원으로 몰려든 사람들은 난리가 났다.

다른 사람도 아니고 전직 중수부 부장이자 새론의 현직 대표가 누군가에게 습격당해서 쓰러진 것이다.

노형진도 전속력으로 병원으로 달려왔는데, 거기에서 이

미 도착해 있던 몇몇 사람을 만날 수 있었다.

그중에는 김성식을 구한 진성욱 검사도 있었다.

그는 다급하게 구급차와 함께 와서 그의 옷은 여전히 피범벅이었다.

"수술실에 들어가셨습니다. 다행히 목숨은 건지실 거라고 하더군요."

기다란 칼이 내부 장기를 건드리기는 했지만 다행히도 주요 장기인 간과 심장 그리고 폐는 건드리지 않았다.

그 세 가지는 칼에 찔리면 치명적이었기 때문에 말 그대로 하늘이 도운 셈이었다.

"앞에서 공격하던 놈에게 반격하기 위해 몸을 튼 게 천운이었습니다."

그 덕분에 옆에서 기습한 놈의 칼이 어설프게 들어가, 대장과 소장이 조금 상하기는 했으나 주요 장기는 피했다고 한다.

"그 말이 무슨 말입니까? 두 명이라고요?"

노형진은 깜짝 놀랐다. 공격한 놈이 두 명이라니?

더군다나 지금 진성욱 검사의 말대로라면 그들은 노리고 온 거라는 소리가 된다.

"그놈들, 훈련된 칼잡이였습니다."

진성욱은 오랜 경험으로 그놈들이 훈련받았다는 걸 알았다.

주저하지도 않았고, 사시미를 정확한 위치에 찔러 넣었다.

타이밍이 틀어지지 않았다면 아마도 김성식은 죽음을 피

하지 못했을 것이다.

"그놈들, 도대체 누구입니까?"

"모르겠습니다. 경찰이 바로 출동해서 현장을 확인하고 있습니다만……."

하지만 해당 차량은 경비실의 차단기를 부수고 도망갔다.

"경찰이 현재 CCTV 등을 통해 확인하고 있지만 아마 그건 추적 불가능한 차량일 겁니다."

대포차도 아닐 거다.

대포차라고 해도 어떻게 추적이라도 해 보겠는데, 그렇게 대놓고 번호판이 보일 만한 행동을 했다는 것은 절도 차량이라는 소리다.

"그놈들도 아마 얼굴이고 뭐고 안 나올 테고요."

둘 다 모자를 꾹 눌러쓰고 마스크까지 하고 있었다.

당연히 CCTV를 죽어라 파고들어 봐야 나오는 것은 없을 것이다.

"검사님, 그 옷이 좀 필요한데요."

때마침 한 남자가 다가와 진성욱에게 그렇게 말하면서 봉투 하나를 건넸다.

"아, 잠시만요. 제가 옷이 없어서."

"일단 이거라도 입고 계세요."

지나가던 간호사 한 명이 환자복을 주자 그걸로 갈아입는 진성욱.

그러자 국과수 요원으로 보이는 사람이 다가와서 그의 몸에서 피를 채취했다.

"의미가 없기는 하겠지만."

그는 그들과 육탄전을 한 것도 아니고, 김성식의 출혈을 막은 것뿐이다.

그 말은 그의 몸에 묻어 있는 피는 전부 김성식의 피라는 뜻이다.

"어찌 되었건 현 상황에서 범인을 추적하는 게 중요하기는 한데……."

증거를 가지러 온 경찰이 그렇게 옷을 수거해 가는 사이에 다른 경찰이 다가왔다.

그리고 환자복을 입고 앉아 있는 진성욱에게 무거운 표정으로 말했다.

"차량이 발견되었습니다."

"벌써?"

"애초에 감출 생각도 없었나 봅니다. 해당 차량의 차적 조회 결과, 어제 절도된 차량이라고 합니다."

"어제?"

"네."

"그러면 그 차량은?"

"경기도 부천시 외곽에서 전소되었습니다."

노형진은 저절로 눈이 찡그러졌다.

경기도 부천시 쪽이라고 하면 여전히 개발하고 있는 도시 중 하나다.

신도시는 아니라서 여기저기 산과 밭이 많이 남아 있는 도시였다.

"그러면 현장을 찍은 CCTV는 없나요?"

"없다고 합니다. 사실 CCTV로 추적해서 찾은 것도 아니었고요."

연기가 심하게 난다는 신고에 소방차가 출동했는데, 그들이 도착했을 때 이미 차는 전소된 상태였다고 한다.

"범인들은 차에 기름을 뿌리고 불을 질렀다고 하더군요. 아마 전소되기까지 채 10분도 걸리지 않았을 겁니다."

"끄응……."

"그런 상황이라면 내부에서 증거를 건지는 건 불가능하겠군요."

어제 절도한 차량이라면 내부에 남은 게 있어 봐야 머리카락이나 지문 정도일 텐데, 그마저도 완전히 타 버렸다면 아무것도 구할 게 없다고 봐야 한다.

"혹시 병원에 접수한 사람은 없습니까?"

진성욱은 경찰에게 혹시나 하는 마음으로 물었다.

막 칼로 찌르려는 찰나에 자신이 한 명을 차로 밀어 버렸다.

지하 주차장이라서 속도를 빠르게 내지는 못했지만, 그래도 차량 자체의 중량이 있으니 멀쩡할 수는 없다.

최소한 한 군데는 부러졌어야 한다.

실제로 차에 치인 놈은 혼자 걸어가지 못해서 다른 놈의 부축을 받아 도주했다.

만일 다른 동료 놈이 도와주지 않았다면 둘 다 잡을 수 있었을 것이다.

"애석하게도 없습니다. 그놈들이 누군지 모르지만 확실히 조심하고 있을 테니 섣불리 병원에 입원시키거나 하지는 않을 겁니다."

"도대체 어떤 간땡이가 부운 놈이기에?"

"적이 너무 많아서 감을 잡을 수도 없군요."

"그 말이 사실이네요."

김성식은 다른 곳도 아닌 대검찰청 중수부의 부장 출신이다.

애초에 중수부라는 곳이 어떤 곳인가? 대한민국 정치인과 재벌을 견제하기 위해 만들어진 곳이 바로 중수부다.

물론 현실적으로 본다면 이미 대부분의 중수부 검사들은 권력과 결탁하는 바람에 제대로 활동하지 않았다.

하지만 김성식은 그런 사람이 아니었다.

그런 사람이었다면 새론으로 왔을 리가 없다.

그는 중수부 부장 출신이고, 그 스펙이면 어느 대기업에 가든 최소 연봉 10억 이상은 보장해 줄 것이며, 로펌에 들어간다면 전화 한 통 해 주는 조건으로 몇억씩 받는 브로커가 되었을 테니까.

하지만 그는 그 모든 걸 포기하고, 그 당시만 해도 힘이 약했던 새론으로 기꺼이 온 사람이다.

그런 성향의 사람이니 당연히 중수부 부장 시절에도 대기업이나 정치인에게 선처란 없는 타입이었다.

"선배님이 만든 적이 못해도 백 명은 될 겁니다."

"그것밖에 안 된다고요?"

"최소가 그렇습니다, 최소가. 이번 사건에 동원된 게 최소 세 명이니까, 그 이상 동원할 수 있는 최소 기준으로 따진다고 해도 백 명입니다."

운전을 하던 놈 한 명, 관심을 끌던 놈 한 명, 그리고 뒤에서 찌른 놈 한 명.

그러니 최소 세 명인 거고, 추적을 막기 위해 차량을 절도한 놈이 따로 있거나 한다면 얼마나 더 늘어날지 알 수 없다.

"그런데 왜 이제 와서 그런단 말입니까?"

"저도 모르겠습니다. 사실 생각해 보면 복수의 기회가 아예 없었던 것도 아닌데. 어쩌면 그 당시에 집어넣었던 회장이나 대표가 이제 출소한 건지도 모르겠네요."

진성욱은 얼굴을 찡그리며 말했다.

"일단 저도 검찰에 들어가서 추적해 보겠습니다."

이게 단순 원한인지 아니면 검찰 시절의 원한인지 알 수는 없었지만, 중요한 건 검찰로서는 그냥 넘어갈 수가 없는 사건이라는 거다.

이것이 법이다

결국 대부분의 검사들은 검찰을 나와서 변호사가 될 수밖에 없는데 그때 보복을 당한다면 누구도 살아남을 수 없을 테니까.

  그걸 막기 위한 방법은 하나뿐이다.

  변호사가 돼도 건드리지 못한다는 걸 확실하게 알려 주는 것.

  노형진은 복잡한 표정으로 생각에 빠져들었다.

  "어떻다고 하던가?"

  "일단 생명에는 지장이 없다고 합니다."

  수술실에서 나와서 중환자실로 옮겨 간 김성식.

  그 빈자리는 다급하게 송정한이 달려와서 메꿨다.

  물론 노형진이나 다른 사람이 메꿔도 되지만 상황이 상황인 만큼 그가 가장 좋은 선택이었다.

  겸직을 하지 말라는 거지 같이 이야기도 하지 말라는 건 아니니까.

  "범인에 대해서는 나온 게 없고?"

  "검찰 내부에서는 아무래도 최근에 출소한 사람이 한 짓이 아닌가 하는 생각을 하더군요. 어떻게 생각하십니까?"

  노형진의 질문에 송정한은 고개를 흔들었다.

  "그럴 가능성은 낮아. 아무리 중수부라고 하지만 공소권을 가진 거지 판결권은 없으니까."

듣고 있던 민시아는 잘 모르겠다는 표정이 되었다.

"그게 무슨 말씀이세요, 송 의원님? 그러면 원한을 가진 사람이 없다는 거예요?"

노형진은 고개를 흔들었다.

"그게 아닙니다. 판결권이 없으니 아무리 중부수에서 공소를 제기한다고 해도 이제야 출소하는 사람은 없을 거라는 거죠. 우리나라 사법의 특징 아시지 않습니까? 권력자나 재벌이 뭔 짓을 해도 결국 결과는 기소유예입니다."

"아하!"

중수부의 목적은 그들을 잡는 거다.

하지만 결국 그들에게 판결을 내리는 것은 재판부다.

그리고 부자들에게 집행유예가 나오는 것은 너무나 당연한 일이었다.

설사 실형이 나온다고 해도 아무리 길어 봐야 3년이고, 그마저도 최소한의 기준만 채워진다면 모범수로 가석방되는 게 바로 재벌이다.

"사람을 직접적으로 죽였다면 모를까, 수천억을 해 먹었어도 이미 풀려났을 걸세."

"그러면 직접적으로 죽인 사람은 없나요? 그런 사람이라면 좀 늦게 나올 텐데."

"그럴 이유가 있나?"

사람 하나 고용하면 납치해다가 실종 처리시켜 버리는 건 어려운 일도 아닌데, 재벌가나 권력자가 미쳤다고 자기 스스로 위험부담을 안고 범죄를 저지를까?

"하긴, 김 대표님이 나온 시기를 생각하면 지금까지 감옥에 있을 사람은 아무도 없겠네요."

그런 사람이 이제 와서 보복한다는 건 말도 안 된다.

물론 원한이 없는 것은 아닐 테지만, 그러기에는 잃어버릴 게 너무 많다.

아무리 그가 재벌이고 돈이 있다고 해도, 부장검사 출신을 건드리면 검찰에서 가만둘 리가 없으니까.

"그리고 고작 그런 원한 때문에 감옥에 들어가는 걸 원하는 재벌은 없지."

그들 입장에서는 화나고 억울할 일이지만 김성식이 죽는 경우 최소한 5년은 감옥에서 살아야 한다.

"벌써 몇 년 전의 원한을 가지고 그 정도 위험부담을 감수하면서 살인할 사람들은 많지 않을 겁니다."

"하지만 사업하는 사람들 중에는 사이코패스나 소시오패스가 많다고 하잖습니까? 그런 놈들의 특징이 원한을 잊어버리지 않는 것이라고 알고 있습니다만?"

즉, 사이코패스나 소시오패스라면 원한을 잊어버리지 않으니 보복할 수도 있다는 소리다.

"물론 어느 정도는 맞습니다. 하지만 그런 놈들은 기본적으로 극도로 이기적이면서 동시에 이성적입니다. 감정적으로 행동하지는 않는다는 거죠."

"그게 무슨 말씀이시죠?"

"보복을 할 수는 있을 겁니다. 하지만 권력이나 재력을 이용한 다른 방법을 써서 보복한다면 모를까, 살인은 특수한 경우라는 거죠."

그들은 극도로 이기적이다.

그 때문에 보복할 가능성은 분명 존재한다.

하지만 반대로 극도로 이성적이기 때문에 자신이 피해를 입지 않는 선에서 보복하려고 한다.

"살인은 그 피해를 입지 않는 선이라고 할 수 있는 수준이 아니지요."

재벌들도 바보는 아니다.

건드릴 경우 자신들에게 피해가 올 사람은 아무리 화가 나도 건드리지 않는다.

"더군다나 이런 말 하면 그렇지만, 새론에는 제가 있으니까요."

"노형진 변호사 말이 맞네."

단순히 법적인 문제라면 뇌물을 뿌리고 정치적 압력을 행사하는 등의 방법으로 벗어날 수 있다.

그러니 살인을 청부할 수도 있다.

하지만 노형진, 정확하게는 미다스의 전 세계 대리인이 있는 새론을 건드린다?

"절대 그 자리에 못 있습니다."

재벌의 힘은 대기업에서 나온다.

회장직에서 물러나면 아무리 잘난 척해 봐야 결국 주식을 가진 주주일 뿐이니, 기업에서 그를 보호하려고 하지는 않을 것이다.

"마이스터와 미다스를 건드린 걸 알면 과연 전 세계의 주주들이 그 사람을 가만둘까요, 요즘 같은 시대에?"

안 그래도 오너 리스크가 커지는 현대다.

과거에 비해 인터넷으로 정보가 많이 돌고 돈과 힘으로 범죄를 감추기 힘들어지면서, 오너가 병신 짓을 하면 국민들이 불매운동에 들어가 기업이 흔들리는 경우가 한두 번이 아니다.

"노 변호사 말이 맞네. 더군다나 마이스터와 미다스는 오너 리스크에 대해 가혹하게 보복하기로 유명하지."

즉, 과거의 원한 때문에 김성식을 공격한다는 것은 사실상 가능성이 없다는 소리다.

"그러면 남은 건 미래의 가치에 관련된 사건이라는 건데."

하지만 미래의 가치라는 것도 애매하다.

"안 그래도 김 대표님이 담당하던 사건을 제가 여러모로 확인해 봤습니다만, 의심스러운 사건은 없었습니다."

김성식 스스로가 대기업의 사건을 좀 꺼리는 경향이 있었다.

원래 그들을 때려잡던 사람인지라 이제 와서 그들을 위해

변론한다는 게 우스운 일이니까.

"대기업과 권력자를 대상으로 소송 중인 건요?"

노형진은 민시아의 질문에 고개를 흔들었다.

"아예 없지는 않습니다만, 살인까지 불사할 정도의 사건은 아닙니다."

한 건은 대기업을 상대로 한 산재 관련 소송이었다.

다른 한 건은 대기업을 상대로 한 기업의 특허권 침해 소송이고 말이다.

권력자를 상대로 하는 소송은 차관급 공무원이 엮인 건이하나 있는데, 단순 채무 관련 소송이고 금액은 2천만 원 정도였다.

"어느 쪽이든 김성식 변호사님을 공격할 이유는 없지요."

산재나 특허권 관련 소송은 김성식이 죽는다고 해서 사라질 사건도 아니고, 다른 변호사가 붙어서 계속하면 그만이다.

차관급 공무원의 2천만 원 채무 소송도 원한 때문에 하는게 아니었다.

차관급 공무원은 그 돈을 빌려준 거라고 주장하며 돌려 달라고 하고 있고, 이쪽은 투자금이라며 돌려줄 필요가 없다고 주장하는 상황이었다.

사실 차관급 공무원이 불리하기는 하지만 그가 미쳤다고 2천만 원 때문에 변호사를 죽이려 들겠는가.

애초에 살인까지 불사할 정도라면 채권 금액이 2천만 원은 훌쩍 넘어가야 한다.

최소한 2억 이상은 써야 살인을 설계할 테니까.

"그러면 왜 이런 사건이 벌어졌는지 의심 가는 게 없단 말입니까?"

"현재로서는 그렇습니다."

노형진은 답답하다는 표정으로 말했다.

"일단은 하나씩 파고드는 것밖에 없겠군. 검찰에서는 과거의 사건을 파고들 테니 우리는 현재 김 대표가 하던 일을 파고들어 보세. 어차피 그 사건들에 대해 아는 건 우리들뿐이니까."

송정한의 말에 다들 고개를 끄덕거렸다.

하지만 누구도 이 문제가 쉽게 해결될 거라고는 생각하지 않았다.

다음 권으로 이어집니다

# 0레벨 플레이어

송치현 퓨전 판타지 장편소설

## 『검마왕』『1레벨 플레이어』의 작가 송치현 이번엔 0레벨이다!

힘겹게 마왕을 무찌르자마자
스킬을 카피한다는 이유로 배신당한 현수
최후의 스킬로 회귀하다!

배신자들의 기연과 스킬을 빼앗아
복수와 전쟁을 끝내고 지구로 돌아가겠다!
그러기 위해서는……

[레벨이 0으로 하락하였습니다.]
[스킬이 강화되었습니다.]
[스텟이 누적되었습니다.]

### "이제 다시 레벨 업을 해 볼까?"

**레벨은 필요 없다, 무한 성장으로 승부한다**
**쪼렙일수록 강해지는 0레벨 플레이어!**

# 하북팽가 검술천재

이도훈 신무협 장편소설

## 정마 대전의 영웅, 무無부터 다시 시작하다!

목숨 바쳐 싸웠음에도
가차 없이 '팽' 당했던 광귀, 팽한빈.

현세와 작별까지 고했는데…… 어라?
눈 떠 보니 20년 전?
심지어 '하북 최고의 겁쟁이' 시절로 회귀했다?

**[용안龍眼으로 구결을 확인하시겠습니까?]**

흩어진 구결을 다 모아 비급을 완성한다면
하북 최강이 되는 것도 시간문제!
겁쟁이보단 망나니가 낫겠지!

## 팽가의 수치가 도, 아니 검술천재로 돌아왔다!

# 꿈의 도약, 로크에서 하십시오
# (주)로크미디어에서 신인 작가를 모십니다

즐거운 세상, 로크미디어는 꿈을 사랑하고 도전을 두려워하지 않는 작가 분들의 참신한 작품을 기다리고 있습니다. 21세기 장르 문학계를 이끌어 갈 차세대 선두 주자 (주)로크미디어에서 여러분의 나래를 활짝 펴 보시길 바랍니다.

**모집 분야** 판타지와 무협을 포함한 장르 문학
**모집 대상** 아마추어 작가, 인터넷 작가
**모집 기한** 수시 모집
**작품 접수 시 유의 사항**

1. 파일명은 작가명_작품명.hwp형식을 갖춰 주십시오.
1. 파일에 들어갈 내용은 다음과 같습니다.
   — 성명(필명인 경우 실명을 밝혀 주세요), 연락처, 이메일 주소
   — 제목, 기획 의도
   — A4용지 1장 분량의 등장인물 소개
   — A4용지 2장 분량의 전체 줄거리
   — 본문
1. 작품이 인터넷에 연재되고 있다면, 게시판명과 사이트의 구체적이고 정확한 주소를 기재해 주십시오.

선택된 작품은 정식 계약 후 출판물로 간행되어 전국 서점에 유통됩니다.
작가 분은 (주)로크미디어의 전폭적인 지원하에 전속 작가로 활동하시게 됩니다.
※ 자세한 내용은 로크미디어 홈페이지(rokmedia.com)를 참조하세요.

**(03920)서울시 마포구 성암로 330 DMC첨단산업센터 3층 318호**
**(주)로크미디어 편집부 신간 기획 담당자 앞**
**전화 : 02) 3273-5135**
**www.rokmedia.com      이메일 : rokmedia@empas.com**

# 만렙 닥터

13월생 현대 판타지 장편소설

# 리턴즈

**인생 2회 차 경력직 신입**
**칼솜씨도, 인성도 '만렙'인 의사가 돌아왔다!**

만성 인력난에 시달리는 흉부외과에 들어온 인턴
메스도 잡아 본 적 없는 주제에
죽을 생명을 여럿 살려 내기 시작한다?

"이 새끼, 꼴통 맞네."
"죄송합니다."
"잘했어!"
"네?"

출세만을 좇으며 살았던 전생
이렇게 된 이상 인생도 재수술 한번 가자!

무데뽀(?) 정신으로 무장한 회귀 의사
이제부터 모든 상황은 내가 집도한다!

# 魔帝南宮 남궁마제

문운도 신무협 장편소설

회귀한 뇌왕, 가족을 지키기 위해
정파의 중심에서 제대로 흑화하다!

세상을 뒤집으려는 귀천성에 맞서 싸우다
가족을 모두 잃고 제물로 바쳐진 뇌왕 남궁진화
마지막 순간 원수의 뒤통수를 치고 죽으려 했으나
제물을 바치는 진법이 뒤틀리며 과거로 회귀하다!?

남궁세가의 양자가 된 어린 시절로 돌아온 후
귀천성이 노리는 자신의 체질을 연구하다 기연을 얻고
회귀 전과 다른 엄청난 미모와 함께
뇌전의 비밀마저 알아내 경지를 뛰어넘는데……

가족들에게는 꽃처럼 사랑스러운 막내지만
적이라면 일단 패고 보는 폐악질의 끝판왕!
귀천성 패려잡기에 나서다!